I0587950

Los
monólogos de

LU
DO
VI
CO

Los monólogos de
LU
DO
VI
CO

WILLIAM
CASTANO-BEDOYA

BOOK&BILIAS

Coral Gables

Esta es una obra de ficción. Nombres, personajes, lugares e incidentes son producto de la imaginación del autor o se utilizan ficticiamente. Cualquier parecido con personas reales, vivas o muertas, eventos o lugares es totalmente coincidente.

Copyright © 2021-2024 William Castaño-Bedoya

Todos los derechos reservados. Esta publicación no puede ser reproducida, ni en todo, ni en parte, ni registrada o trasmitida por un sistema de recuperación de información, en ninguna forma ni por ningún medio, sea mecánico, fotomecánico, electrónico, magnético, electroóptico, por fotocopia, o cualquier otro, sin el permiso previo por escrito de Book&Bilias LLC.

Para solicitar permisos, póngase en contacto con Book&Bilias en literaryworld@bookandbilias.us

ISBN 978-1-7369168-4-1 (paperback)
ISBN 978-1-7369168-5-8 (hardcover)
ISBN 978-1-7369168-6-5 (e-book)
ISBN 978-1-7369168-7-2 (audiolibro)

Información de catalogación de publicaciones disponible en la Biblioteca del Congreso de los Estados Unidos

Dirección General: Camila Castaño
Escritura y edición: William Castaño-Bedoya
Imagen (portada y diagramación general): William Castaño-Bedoya

Impreso en los Estados Unidos de América

Book&Bilias
www.bookandbilias.us

A los Ludovicos que me inspiran
A los que los cuidan y los aman

La felicidad es eso que me gusta y que no se come,
que no se ve, pero que se siente por dentro,
y que le hace a uno decir…

—*Me entaaaaanta… o*
—*Egsgte munn Bacanno.*

Ludovico Zonda

Índice

En las exclusivas calles de Coral Gables, Florida, EE. UU., y en los rincones ocultos de Medellín, Colombia, donde la vida cotidiana palpita con su propio ritmo, se despliega el mundo de Ludovico: un enigma de brillantez y candidez, envuelto en capas de contradicción. Es un hombre de cuarenta y cuatro años, pero su mente aún conserva la delicada inocencia de la infancia, una yuxtaposición que define su esencia.

La libido de Ludovico trasciende lo físico, entrelazando sensaciones con profundas percepciones psicológicas. Sin embargo, esto es solo un hilo en el intrincado tapiz de su vida, una danza de complejidades que desafía los límites convencionales. Comprender a Ludovico es abrazar esta fusión matizada, percibiendo las sutilezas del deseo a través de la mirada de una mente infantil en un cuerpo adulto.

Te invito a un viaje más allá de lo ordinario, una exploración compartida de los misterios del alma humana. Ludovico es más que un personaje; es un testimonio de las complejidades de la mente. Sus apraxias, barreras para la comunicación convencional, se convierten en ventanas a su interior, portales que te guían a su rico mundo no expresado. En estas barreras se ocultan secretos susurrados, miedos, deseos y aspiraciones, revelando una profundidad conmovedora.

Sus monólogos interiores resuenan en las cámaras de su mente, formando una obra literaria silenciosa de emociones. Son las venas que llevan la savia vital de su narrativa, invitándote a recorrer los vastos paisajes de sus pensamientos.

Al emprender juntos esta odisea literaria, deja que tu percepción sea tan matizada como los deseos de Ludovico, porque en esta complejidad reside el corazón de su historia. Juntos desentrañaremos, comprenderemos y abrazaremos su enigmático mundo. Bienvenido al universo de Ludovico, donde las intricacias de la mente te invitan a explorar, empatizar y, sobre todo, sentir.

Nota del autor

Este personaje está inspirado en personas maravillosas que han sobrellevado el síndrome X Frágil hasta la adultez. Sin embargo, las situaciones descritas en los monólogos han sido concebidas únicamente desde una perspectiva literaria.

Monólogos del día primero

—*¡Uffff papuuuta!*

Fue lo único que pude decir cuando el avión tocó Miami y se estremeció como si se empezara a desbaratar, rodando y rodando, muy, pero muy rápido por ese suelo, peleando con ese viento bulloso, acosador, emputado porque el avión había llegado sin pedirle permiso y sin querer parar y nosotros en ese avión haciendo un esfuerzo para ayudarle a que no siguiera tan rápido o para que anduviera más despacio y dele y dele a ese viento que sonaba y chillaba furioso porque el avión le quería ganar. Huy... que ganas tan grandes de orinar me dieron y apreté las nalgas y junté las rodillas para no hacerlo, como mi vieja me dice que haga cuando estoy lejos de un baño y seguí angustiado, sintiendo que el avión no paraba porque le podía al viento. Empecé a sudar y a sudar y miré a mi vieja y ella me miró aterrada, con ganas de que yo no me asuste porque me puede dar la pendejada que me da cuando me asusto. Y aunque ese animal se fue quedando sin fuerzas porque el viento empezó a ganarle, seguí sudando y me picaban los sobacos y me tenía que rascar hasta que me sintiera liviano, sin tanto peso en el cuello. Y eso que yo no sudo tanto porque solo me sale un poco cuando estoy recalentado por los trotes que doy por la Comuna Trece o porque estoy con la pendejada que me da cuando las cosas no son como yo las quiero y me quedo sin control y la pendejada solo se me pasa cuando voy a ver al niño Jesús en la iglesia de Santa Gema y me voy quedando como el avión y como el viento, que cansados de tanto luchar entre ellos ya no quieren hacer tanta fuerza, y los dos piensan que han ganado.

Uf… Después todo estuvo más tranquilo porque el viento y el avión ya se callaron. La gente ya no se veía asustada y mi vieja me siguió mirando con una sonrisa en los ojos, pero no en su boca, como queriéndome decir… «Quédese tranquilo mijo, que aún estamos vivos».

Llegamos unas rayas antes de las siete en mi reloj, es decir que el palo largo apuntaba hacia la raya de arriba como en el reloj de mi cuñado de Miami, o hacia el punto en el reloj de Amparo o hacia el doce en el reloj de la pared de mi casa en Medellín o en el de mi papá, o mejor, casi siendo las siete como mi vieja me enseñó que dijera cuando alguien me lo preguntara o cuando a mí se me diera la gana de averiguarlo. Lo de las rayas es algo que sé desde cuando los relojes tenían rayas de verdad. Creo que me acostumbré a ver rayas aun cuando los relojes no las tengan o, aunque las tengan de mentiras.

Pensé que íbamos a llegar a las siete como me lo dijo papá, pero al parecer al que manejaba el avión le dio por correr o por volar más rápido, como vuelan algunos pájaros grandes para no dejarse picotear de otros más chiquitos que se la montan para espantarlos de los nidos donde sus hijos se mantienen esperando gusanos, moscas o pedazos de comida, aunque no vi ningún avión chiquito picoteando a este. Pensé en eso como para entenderlo mejor. En fin, de todas maneras, ese señor que maneja hizo que el avión llegara más rápido.

Supe, porque el avión paró del todo y algunos aplaudieron, que nos habíamos librado de caer en el mar o en las montañas o entre los árboles. El miedo se me fue yendo cuando recordé que había viajado para no tener que quedarme solo en Medellín, mirando desde la terraza lo mismo que miro todos los días cuando la gente pasa, los carros pasan, los pájaros pasan. Todos, menos las lagartijas, ya que de esas no hay en Medellín sino en Miami. Las veré cuando llegue a casa de Eleonora después de que nos recojan hoy. Las veré y ellas me ayudarán a distraerme cuando no estoy distraído o cuando estoy en esos días donde nada me parece bonito. Hay días en los que siento que nada me parece bonito, pero de eso me acordaré después porque por ahora solo quiero acordarme de lo que estoy pensando.

Junto a mí viajaron ellos, los mismos de siempre: el viejo Oslo, mi papá, aún dormido. Ese viejo se volvió tranquilo desde que se hizo viejo, pero se mantenía intranquilo cuando aún no lo era y trabajaba, y la vieja Anastasia, mi mamá, que nunca duerme durante los viajes y que también se asusta cuando montamos en avión y cuando llegamos y el avión se pelea con el viento.

Hemos estado juntos desde hace unos cuarenta y cuatro años cuando les nací. Ellos dos han estado juntos desde hace mucho más tiempo, mucho más, algo así como desde cuando nació Igor, el más viejo de todos mis hermanos, el que no les habla a mis viejos como si los tuviera castigados. Sentí alegría y creo que también ellos cuando el ruido de los cinturones desabrochándose se parecía al que hacen las ranas cuando se juntan a hacer cric crics las noches oscuras en las fincas cercanas a Medellín. Estuvimos sentados esperando a que los más jóvenes tomaran la delantera y dejaran vacío el avión. Eso mismo hacemos cada vez que viajamos. Mis papás lo prefieren para no incomodar a la gente con la torpeza que los tres acostumbramos a tener. Es que somos muy torpes los tres. Con decir que cuando mi mamá trató de levantarse de donde venía sentada su cuerpo pesado y redondo la devolvió a la silla. Me le ofrecí de soporte tratando de ayudarle a levantar las nalgas, pero fue inútil. Eran muy pesadas para mí y mis manos quedaron bajo ellas. A mi vieja entonces le dio rabia y me rechazó haciendo una mueca que me recordó lo idiota que soy. Cuando ella me recuerda con sus muecas lo idiota que soy, recuerdo que mi cara es diferente a la de la gente. Por ejemplo, mis ojos se mueven como la cola de la perra cuando está contenta y los ojos de la gente no. ¿Será que soy idiota porque mi cara es rara? Mi madre me hace esas muecas, pero a mí no se me da nada porque sé que ella me quiere más que a nadie en este mundo. Ella me hace muecas jugando, queriéndome decir que haga mejor las cosas, o... queriéndose decir que yo no las hice bien, pero dejándome saber que a la larga yo no tuve la culpa y que la culpa de que sus nalgas pesen tanto es solo de ella y no mía. En fin, aproveché que ella se movió y saqué mis manos de debajo de su trasero. Me confundí queriendo volver a ayudarle acordándome de cuando, unas semanas antes, ella se cayó en el jardín porque... dizque sintió un rayo en la cabeza y nuevamente terminó dormida en el hospital, según me contó mi papá.

Qué raro que haya sentido un rayo porque ese día ni siquiera llovizno. Sí... qué raro que por culpa de un rayo ella haya quedado tendida en el suelo del jardín, untada de barro en la espalda y con los brazos rayados por las espinas de las rosas que ella misma ha sembrado desde hace tanto tiempo. Ese día lloré en mi cama a solas. Lloré porque siempre la he tenido cerca y sonriente, o brava, o triste, o callada como siempre está cuando no hay nada que la distraiga, o silbando alguna canción vieja cuando se acuerda de quién sabe qué o cuándo. A mí me gustaría silbar, pero nunca, en toda mi vida, he podido aprender. Es que silbar es muy difícil para mí. Imposible, diría yo. Cada vez que lo intento me sale el viento con babas y no más. Cuando quiero silbar me toca decirle a mi madre que silbe por mí y entonces la escucho callado y le agradezco cuando termina de silbar. Ella me pregunta si quiero que silbe otra vez. A veces le pido que no silbe lo que ella quiera sino algo que me gusta y ella lo hace. A veces, cuando ella está sola, silba cosas que a mí me gustan, aunque yo no se las haya pedido. Seguro ella piensa que puede silbar para distraernos a los dos al tiempo.

No todas las veces mi madre quiere silbar, porque está cansada o distraída con otras cosas que nada tienen que ver con eso.

Mi madre ese día se fue al suelo y quedó yéndose, rezongada, como abandonándonos, como con ganas de no abrir más sus ojos para seguir viéndonos a mí, a las tórtolas, a la perra y a mi viejo. Desde que sé que yo soy yo, nunca me he quedado solo cuando ellos viajan pues nunca lo hacen sin mí y aunque ese día sentí miedo y tristeza por mi mamá, me tranquilicé cuando mi papá me hizo entender que ella estaría bien después de salir del hospital. Mi mamá es valiente, pero ya está vieja. Tiene tantos años que yo no los sé contar, algo así como ochenta y dos o tal vez más, como dos o tres. Mi papá sin embargo tiene unos años más que ella. El viejo, a diferencia de mi madre, nunca se preocupa por nada, ya que nunca le toca hacer nada que le sea difícil. Lo más pesado que hace es salir todos los días a caminar, bien arreglado, como si fuera a encontrarse con alguien o como si alguien fuera a encontrarse con él. A mi madre, en cambio, le toca hacer de todo en la casa; desde cocinar para los que hayan llegado, hasta llevarme al médico cuando tengo que ir o incluso llevarse ella misma cuando siente que algo le va a doler o le viene doliendo desde hace días.

Mi mamá se llama Anastasia, pero yo le digo mamá. Ella es quien me alista la ropa y la de mi papá; también es la que cambia mi cama cada domingo. Esa vieja me enseñó a bañarme todos los días. Porque eso sí, yo me baño todos los días antes de salir a la calle y me lavo la boca con hilo y con cepillo después del almuerzo y la comida. … ¡Ah! Me los lavo también cuando me levanto y me acuesto.

Mi madre está vieja como todo lo que se tira a la basura, pero que todavía sirve. Pobre, se volvió vieja cuidándome todo el tiempo. Pensando en mi vieja me distraje olvidando que ella quería salir ya porque el avión estaba completamente vacío. Entonces volteé mi cabeza para volverme a fijar en ella y la vi intentando levantarse de la silla de nuevo, con sus manitas agarradas al asiento del frente, y cuando por fin pudo hacerlo fui yo quien no la dejé pasar porque estaba sentado en el asiento de la orilla, junto al corredor del avión. Ella venía sentada en el centro. Fue entonces cuando intentó pasar aún agarrada del asiento del frente cuando yo encogí mis piernas, pero le tocó desistir porque su cuerpo le pesó demasiado. Entonces, con rabia me hizo comprender que fui yo quien estorbó su primero y segundo intentos. Me quedé mudo porque ya llevaba dos torpezas seguidas y mi madre estaba confundida. También yo. Sentí vergüenza por esta nueva torpeza y traté de disimularla, aunque sentí calor en la frente y mi cabeza vuelta un desorden. Entonces busqué liberarla preguntándole algo que no tenía que ver con lo que estaba pasando:

— ¿*Egte Mayaaama?*

Me respondió que sí, pero en ese mismo instante no logré comprenderla y acerqué mi oreja más a ella. Me repitió en voz alta con algunas palabras de más para hacerme entender:

— Sí, llegamos a Miami. ¡Busque su maleta!

Y señaló hacia arriba el lugar donde todos ponen sus maletas. Caí en la cuenta de que las nuestras también deberían ser bajadas al igual que la gorra de cabuya que mi papá trae en sus viajes a casa de Eleonora, la menor de mis hermanas, pero más vieja que yo. Traté de levantarme con bríos, pero esta vez fue el cinturón el que me empujó de vuelta. Mi mamá se fijó en el tirón y exclamó:

—¡El cinturón!

Y también lo señaló. Cuando caí en la cuenta lo desabroché haciendo el último "cric" de ese día y volviendo a recordar las ranas de las fincas. El viejo, adormilado como los faroles de la cantina donde toma aguardiente cada semana con Tello, se incorporó y en segundos estábamos caminando por el avión hacia la puerta donde nos esperaban quienes nos dieron la Coca-Cola, el jugo de naranja y el jugo de manzana.

—Gracias.

Nos dieron las gracias sonrientes y algo más, que, como cosa rara, no logré entender. A mi mamá y a mí nos quitaron la cobijita roja que llevábamos en la mano y que nos dieron para el frío. Se me hizo raro porque que en otros viajes habíamos llevado las cobijitas con nosotros. Caminamos hacia el pasillo que nos esperaba como un lagarto verde que se come todo sin masticarlo y que nos llevaría hasta el lugar donde los policías miran los documentos con cara de bravos. Así lo recuerdo desde la última vez que viajamos. Estuve preocupado por las cinco maletas, pues temía no reconocerlas porque para mí todas son iguales. Temí no encontrar la mía con la revista de la foto del nuevo aparato de jugar videos que compartiría con mi hermana Eleonora. Ella ofreció regalármelo en este viaje si le prometía que viajaría tranquilo sin mortificar a mi mamá y sin hacerle dar rabias a mi papá cuando de vez en cuando él me habla y yo no logro entenderle.

Mi mamá caminaba con dificultad por culpa de unos dolores que le habían salido en los jarretes desde, hacía treinta años, tantos que casi no alcanzo a contar, y que según me contó, le fueron saliendo por cocinar parada todos los días para mi papá, mis ocho hermanos y hasta para ella misma. Me he fijado más en ella que en él porque veo que le debo ayudar más seguido que a mi papá. Además, es ella la que siempre lleva la cartera plana con los papeles del viaje, como los pasajes que nos envió Irina, mi hermana del medio, la de Bradenton.

Cada vez que acompaño a mi madre estoy muy temeroso de que algo le pase. Algunos hombres rapan las carteras de las señoras y salen corriendo. Ojalá en Miami no sea igual, creo que no por lo que recuerdo de otros viajes, pero de todas maneras me gusta estar cerca de la cartera de mi madre. Eso pienso, no sé qué pensarán los que se roban las carteras cuando me ven cuidando a mi madre con esta cara de tonto, flaco como un pitillo de tomar gaseosa y con mis ojos desobedientes. Un día, estando con mi vieja en el supermercado vi a un hombre quitándole la cartera a una anciana. Se la quitó sin ningún pesar. Se la rapó, hasta la arrastró, y ella se cayó al suelo. Que susto tuve. Casi la pisa un bus que estaba acercándose a recoger a unos cuantos que querían subirse en él. Qué pesar de esa vieja. Le vi sangre en la cara y mucha tristeza. Quise ayudarla porque me dio mucha rabia. Mi madre no me dejó gritando de miedo. Temía que al quedarse sola alguien le quitaría su cartera. Al menos eso creí en medio de toda esa confusión. Sin embargo, salí detrás del hombre aquel para matarlo.

Sí, quería matarlo por malo, pero ya lo habían cogido entre varios, incluidas unas mujeres muy bravas, y le estaban pateando el culo, la cara, el pecho, los brazos. Ese muchacho gritaba y gritaba del dolor, pero nadie le ayudaba, ni siquiera yo, que lo que quería también era acabarlo y cobrarle su atrevimiento y por eso le di un patadón. Solo le di uno porque otras personas también querían darle patadas. Creo que lo mataron, no estoy seguro —por eso digo que creo—. Tal vez lo tiraron a la basura al igual que se tiran las cosas viejas que ya no sirven o que se dañaron por alguna razón.

A causa de todo ese momento estuve confundido, loco, descontrolado o más idiota que de costumbre, con esa pendejada que me da algunas veces y que no logro vencer. Estuve así un rato, no sé si corto o largo. Un buen rato diría. Siquiera que mi vieja me habló suave y me dijo que tenía miedo de que algo malo me pasara por estar con esa pendejada en la calle y me pidió que por favor me pusiera feliz mientras llegábamos a la casa, que allá me iba a dar la pastilla para la pendejada y que me llevaría a la iglesia de Santa Gema a rezar para que el Niño Jesús me pusiera tranquilo. Tan solo de acordarme de la cara de la anciana quisiera matar a ese muchacho. Esa viejita no debería salir sola a comprar los plátanos, ni el café, ni nada. Qué bueno que ese día la pendejada se me quitó. Creo que por pesar con la anciana y porque vi que le devolvieron la cartera. Creo que fue por eso.

Cuando regresamos a la casa yo ya estaba más tranquilo y mi madre decidió no darme la pastilla y tampoco fuimos a la iglesia de Santa Gema. Qué pesar del cura porque por no ir a la iglesia no le dejamos platica como siempre lo hacemos cuando vamos.

Me alegré de ver que quienes nos acompañaron en el avión durante el viaje habían llegado primero a la fila, pero que de nada les había servido porque los alcanzamos. Me burlé de ellos porque como mis papás son tan viejos y yo tan tonto uno de esos policías nos puso al comienzo de la fila. Algunos de los de la fila se hicieron los que no me veían y voltearon la cara para otro lado. Otros, menos envidiosos, solo sonrieron como queriéndonos decir que no nos diera vergüenza porque no tenían afán. Yo me quedé pensando que por todos querer llegar primero se me parecieron tan tontos como las cebras de la televisión que se amontonan apuradas para pasar el río sin ni siquiera pensar que los cocodrilos se las comen casi enteras. Me dio risa por compararlos a todos, incluidos a los viejos y a mí con las cebras de la televisión. En algún momento de uno de los viajes mi mamá me dijo que los policías del aeropuerto eran serios y que siempre sonreír ayudaba, aunque ellos nunca lo hicieran. Por eso siempre mostré mis dientes. Me los lavé ocho veces antes del viaje.

Quedamos frente al lugar donde los señores del uniforme piden los papeles. Mi mamá se puso al frente sobre la línea amarilla reponiéndose de una cantaleta de mi viejo y yo me quedé detrás de ellos. Permanecimos en silencio observando al policía para no estar distraídos cuando nos hiciera seguir. Esto no duró mucho porque nos llamó moviendo los cuatro dedos como si se estuviese echando fresco en la cara. Mi mamá fue la primera que se enteró por haber permanecido atenta y no dudó en pegarme con el codo para hacerme entrar en concentración, me dijo:

—Ríase.

Como siempre quedé pensando en comprender lo que ella me decía, pero antes de que intentara acercarle mis orejas me hizo una nueva mueca de sonrisa que al final comprendí. Recuerdo que también le hizo la misma mueca a mi papá. Dejé al descubierto mis dientes, pero mi papá solo rezongó levantando las cejas como si poco le importara y exclamó entre sus dientes:

—Si no me dejan entrar me devuelvo pa Medellín y se acabó el problemita.

Caminamos unos pasos siguiendo a mi mamá hasta llegar al frente del policía. Ella puso el libro pequeño con su fotografía sobre el mostrador, luego el de mi papá y, antes de poner el mío, señaló con gestos hacia mí. El policía que estaba muy serio me miró, luego me reparó estirando su boca como lo hacen algunos señores en las películas, y después se sonrió con mi mamá. Cuando el policía me miró, le mostré mis dientes sin reírme porque en ese momento yo no quería hacerlo. Casi nunca me río con alguien si su cara se me parece a la de un cocodrilo y como ese día yo me estaba comparando con las cebras, entonces no me podía reír con él. Total, las cebras nunca se ríen cuando los cocodrilos se las quieren comer.

Creo que lo de la lavada de los dientes y lo de mostrárselos al policía fue muy bueno. No demoramos mucho. Una señora uniformada, junto con otro policía, nos llevaron a un cuarto apartado donde nos pidieron quitarnos la ropa. A mi papá y a mí nos dejaron en puros calzoncillos. Nos miraron todo el cuerpo con los ojos y con las manos; también con unos aparatos que hacían pii, pii. A mi mamá le dio susto. Lo supe porque se le puso colorada la cara. Algo así como se le pone la cara a los pavos en diciembre cuando los emborrachan con aguardiente y los hacen correr a la fuerza antes de matarlos. Recuerdo que además le sudó el mentón como siempre le suda cuando está confundida. A mí siempre me suda la frente, pero muy poco, casi nada. No me asombré porque sabía que en ese instante mi madre sacaría una servilleta de papel que guardó en el avión para limpiarse el sudor repetidas veces. Mi papá también se asustó porque cerraba y abría los ojos sin parar, al tiempo que se ponía saliva en los labios haciendo el sonido de los besos. Eso mismo pasa cuando tiene aguardiente en el estómago. Especialmente cuando sale los jueves con Tello, su amigo de toda la vida, que se ha quedado ciego después de viejo, pero que como está acostumbrado a ir a la tienda a tomar aguardiente por tantos años, poco le importa su ceguera y nunca se pierde, aunque esté muy borracho. Mientras estuvimos en ese pequeño lugar la mujer policía me preguntó el nombre. Yo me puse arisco. Busqué a mi mamá y le dije:

—*Yo no coooonoche ingllléss.*

Mi mamá me ayudó a comprender, explicándome que me había hablado en español —igual que en Medellín— y que yo le debía decir mi nombre. Supuse que todos los policías en Miami solo hablaban inglés pese a que muchas veces había venido a casa de Eleonora. Entonces me presenté:

—*Mucchio guutto, Ludovico Zonda, Koslov, Candiaaaaaani, Petttroooov… Mucchio guutto.*

Le ofrecí mi mano tal y como mi mamá me enseño desde que era tan bebé como Eduardito y ella me la apretó con fuerza. Mi mamá ayudó a que ella entendiese mi nombre pues luego de escucharme me pareció no haber entendido. Miró mi cara y se aseguró que yo estaba en la misma foto del libro chiquito, de color verde, donde siempre está mi foto pegada y que dice como me llamo y cuando nací. Entonces me mostró un paquete con harina, la misma que usa mi mamá para hacer las orejas de elefante que tanto me gustan en la sopa que todos llamamos sopa de oreja y me preguntó:

—¿Dónde está la harina que trajeron?

No le entendí ni poco porque no sabía de qué me estaba hablando. El paquete se parecía a un tamal envuelto, de esos que compramos cuando salimos a comer tamales en Medellín, esos días que mi vieja no quiere cocinar porque le duelen los jarretes o porque no le da la gana de hacerlo. Fue entonces cuando miré a mi madre y le pregunté muy extrañado:

— ¿*Haaarinnnna? No reppuergggda.*

Fue muy raro que me preguntara por harina pues en ninguno de los viajes hemos traído harina. Más bien, mi madre les trae frijoles, dulces de fruta, café y otras cosas, pero no eso. Mi madre se puso muy brava cuando esa señora me preguntó y muy brava le dijo algo así como:

—¿Es que… usted cree que traemos coca o qué? ¡Descarada!

No comprendí y aún no lo comprendo. La señora no dijo nada, se hizo la que no era con ella, pero mi papá sí. Por primera vez en ese viaje mi papá se puso raro como cuando algo no le gusta. Al cabo de los minutos y ya vestidos salimos del lugar y nuevamente caminamos solitarios por los pasillos. Estábamos cansados y no hablábamos tan siquiera. Solo la respiración de mi vieja se escuchaba y los sonidos de los parlantes, de la misma forma que en el aeropuerto de Medellín, pero en inglés. Fueron minutos que nos parecieron horas o días. Por fin logramos ver mi maleta y las cuatro de mis papás. Estaban desparramadas por todos los lugares, pero creo que se sintieron contentas de vernos. Total, eran las únicas que quedaban. Las arrastré hasta juntarlas y como pude las encaramé en un carrito del aeropuerto con alguna ayuda de mi papá, que a veces se hacía el que no las veía, y por fin logramos salir. Ese camino largo desde el avión se me pareció nuevamente al que siguen las cebras de la televisión que, luego de patalear y patalear, alcanzan la orilla del otro lado del río, aunque por la espera tan larga creí que nosotros nos convertiríamos en las cebras que no logran pasarlo y que en trizas son comida para los lagartos.

¡Qué bueno fue verlos! Estaban todos los que mi mamá me contó irían a recibirnos: Eleonora, su marido Tomás y mis pequeños sobrinos Eduardito y Camila. Miré a mi mamá para contarle que ya los había visto, pero me di cuenta de que ella ya les estaba sonriendo al igual que mi viejo. Es muy posible que ellos los hubiesen visto mucho antes que yo, pues yo nunca he sido más rápido que ellos para encontrar la gente. A decir verdad, casi todos ven las cosas más rápido que yo, inclusive mi par de viejos. Es que mis ojos no ven lo mismo que ven los ojos de los demás, ni ven tan rápido. Solo uno ve, el derecho, pues cuando me lo tapo con mis manos quedo como cuando se apaga el bombillo justo antes de dormirme. Mi ojo bueno, el derecho, está pegado detrás de la única ventana por donde la luz entra en mí. Y no crea que es una ventana tan grande como la ventana de una casa. No. Esa ventana es muy pequeña. Para que se haga una idea de lo grande que es, por ella, cuando mucho, cabe una ardilla agachada y eso que cabe con dificultad. Lo cierto es que desde allí suelo mirar todo cuanto debo mirar. Mejor dicho, miro todo cuanto puedo ver. Para dejarle saber, esa ventana siempre está abierta durante el día cuando la luz se deja ver y yo no estoy dormido o durante la noche, cuando al frente de ella se encuentra la luz de un bombillo prendido, como la del farol que me deja ver las lagartijas, o inclusive la luz de la luna cuando ella se me parece a un bombillo encendido. Esa ventana está siempre frente a mi ojo preferido, mi ojo bueno, mi amigo, el derecho. Ese ojo es el único que me deja ver todo aquello que podría ver perfectamente si me sirvieran los dos. Aunque mi ojo izquierdo tiene una ventana tan grande como la de alguien común y corriente, es una ventana siempre cerrada con una cortina negra y pesada que no me deja entrar ni una triza de luz.

Algo que me gusta de mi ventana derecha es que siempre está donde yo estoy. Es mi amiga, lo he dicho. Siempre lo ha sido. Nos mantenemos juntos, pegados como los dedos a mis manos o como las orejas a mi cabeza, para que lo entienda mejor. Cuando me muevo, la ventana se mueve conmigo. No es que ella me siga como el muñequito del juego de video que se la pasa persiguiendo al bueno que no se deja matar o al malo que debo perseguir y al que sí me toca matar. No. Es como si yo estuviera obligado a perseguir esa ventana a toda parte donde ella se va y ella estuviera obligada a perseguirme a mí. Es decir, a toda parte donde muevo mi cabeza cuando mi ojo está abierto ella también se mueve y cuando está cerrado, ella también lo está. La verdad es que trato de decirte que mi ojo y la ventana son lo mismo.

Una vez, cuando mi madre me llevó al médico de los ojos, estando yo chiquito, como de unos trece años, dijeron que uno de mis ojos sirve, pero que no puede ver sino de frente y no lo mucho que otras personas pueden ver a su alrededor. Es decir, que mi ventana no es tan grande como las de Igor o las del viejo Oslo, o las ventanas de Irina o de Amparo, que, entre otras cosas, sí que tiene ventanas lindas. Las tiene lindas, muy lindas, hermosas; son cafés, sin ninguna cortina pesada de color negro que les impida la entrada o salida de luz o ver las cosas maravillosas que pasan coladas con la luz. Cómo me verá Amparo a través de sus ventanas, cuando me le aparezco a saludarla y le digo…

—*Qué maaaags o Qiubo pegs.*

¿Me verá igual a como me veo yo en el espejo? Puede que sí me vea igual. Seguro sus ventanas no son tan dificultosas como la mía, que por chiquita e incómoda, no me deja sacar la cabeza para mirar lo que pasa a mi lado, arriba o abajo. Es muy fastidiosa mi ventana, pero es mi ventana y ya nada puedo hacer.

Así pues, cuando necesito ver a un lado —por

ejemplo, a mi lado izquierdo— tengo que cuadrar mi mirada en el lado derecho de mi pequeña ventana, pues sus marcos gruesos no me dejan ver a mi izquierda. Desde ahí hago el esfuerzo por ver.

No sé si me hice entender. Debes estar tan confundido como el viejo Oslo cuando me habla y no le entiendo ni pío. En otras palabras, te explicaré que, para yo poder mirar de lado, hago lo mismo que hacen los que están en la cárcel y que, aunque quieran ver a sus amigos en la celda del lado, no consiguen hacerlo porque solo pueden mirar hacia el frente. Qué pesar que las piezas de las cárceles no tengan ventanas a los lados para que quienes estén allí puedan sentarse a conversar como sí lo hacen por ejemplo los que trabajan en el banco donde mi papá compra plata. Es que esos casi no trabajan porque cada vez que vamos al banco a comprar plata tenemos que hacer filas, mientras ellos hablan y hablan en vez de venderle la plata a mi papá sin tanta demora. A veces pienso que los que trabajan en el banco debieran estar en la cárcel para que aprendan a mirar solo al frente, a las personas que necesitan comprar plata.

Qué ganas locas tengo a veces de abrir mi ventana, de rasgarla como si estuviera pegada de una pared de papel, rasgarla hasta dejar un hueco tan grande como las ventanas de mis hermanos o de mis pocos amigos o de los que no los son tanto, como la hermana chiquita de Amparo. Si mi ventana fuera grande como las ventanas de la gente normal, seguro sacaría mi cabeza por ella y miraría para donde me diera la gana. Pero... ni modo... Por lo que me han podido explicar, cada vez que me da por preguntar, he pensado que las personas tienen dos ventanas desde donde mirar. Dos ventanas tan grandes como las ventanas de sus casas por donde inclusive pueden salir o pueden entrar si es que olvidaron las llaves de la puerta. Podría estar equivocado. Es posible que también ellas tengan una sola ventana como la mía y no dos tan grandes como suelo imaginar. Mi pequeña ventana está pegada de una gran pared de color negro que no sé donde empieza, ni donde termina.

De todas maneras, me dio alegría estar nuevamente en Miami porque en Medellín muchos de mis amigos o conocidos están ya muertos por balas que se encontraron en el camino o porque simplemente se volvieron viejos. No logré contener mi alegría. Entonces exploté buscando el rostro de mi mamá, diciendo:

—¡Paputa Mayama, Meellín no mágs!

Aunque todos nos habíamos saludado con miradas y sonrisas cuando aún estábamos lejos, Eleonora abrazó a mi mamá y Tomás, su marido, abrazó a mi papá. Yo esperé el turno que me toca siempre que llegamos los tres a alguna parte juntos, es decir, de tercero. Fue entonces cuando Eleonora me abrazó y me dio un beso en el cachete que sonó en todo el aeropuerto.

—¡Qué hubo bebéééé!— me dijo, adornándose con

una sonrisa tan grande como su boca.

Le recibí el abrazo, pero no pude evitar contestarle enojado, cantaletoso:

—*A mí no gusgta bebé, a mí Ludovico. Bebéé igual a Eduuuuaaaardito chiiitito; bebéé iguaaal a Camiiiila chitita. ¡Yooo giande! Giiiiande... a mí bebée nunca mags. Bebéee... ¡se murióóó! Yooo nuuuunca, nuuunca, bebééé.*

Eleonora quedó asombrada por mi reclamo. A veces me enojo sin querer. Ella ha sido quien me ha enseñado la a, la e, la i... y a escribir palabras con el lápiz. También me enseñó a conocer el nombre de los colores y a sumar las cosas sencillas como uno más tres, cinco más ocho, y otras que no recuerdo. Qué malo fui al enojarme con Eleonora porque me llamó bebé. Ella no sabía que ya no lo soy. En fin, me conoce desde que yo era chiquito. De todas maneras, me prometió, para que yo no siguiera enojado, que nunca más me llamaría así. Sentí vergüenza porque yo sí la quiero mucho. De alguna manera traté de cambiar mi actitud y busqué a mi mamá con la mirada. Ella, que estaba pendiente como siempre de mí, lo comprendió todo.

—*Mamá, Eleonooora nuuunca mágs bebéé. ¡Yo giaaande! A mí no me gugsta beeebé.*

Como pudo, en medio del saludo, mi mamá se encargó de explicarle a Eleonora el motivo de mi enfado. Le dejó saber que, aunque toda la vida me ha gustado que me llamen bebé, ahora que había conocido a Amparo, ya no quería serlo más. Eso es muy cierto. Ahora siento que soy una persona grande. Tan grande como quienes ya tienen novia. Amparo es linda. Su cuerpo es el más bonito de Medellín, Miami, Chicago y todo el mundo. Incluido de Londres, donde vive Raisa. Amparo es más bonita que todas las mujeres juntas. Sus brazos, su cara y sus piernas, son del color de las hojas que caen sin estar del todo secas, ni cafés, como sus ojazos mismos. Su cabello es tan negro como la oscuridad de mis noches cuando duermo sin recordarla y su sonrisa, tan grande como mis ganas de verla todos los días.

—¡*Me entaaaaanta!*— le dije a Eleonora cuando mi mamá le contó de ella.

Cada vez que salgo a trotar por La Villa, o mejor... por la Comuna Trece, que mi mamá no lo sepa, no puedo evitar pasar a saludarla. Una vez estaba con un novio; la otra vez con otro. Ella siempre tiene novios nuevos; novios con mucha plata. Novios de esos que llegan en carros grandes, nuevos y brillantes. La recuerdo mucho. Sus pocos años la hacen bella y feliz. Siempre sonríe. Cuando duermo, la veo abrazándome y besándome como en las novelas que mi mamá ve en la televisión o como en las películas que siempre veo cuando todos duermen. Algunas veces, cuando la recuerdo dormido, me mojo el pijama y siento mi mente temblar al igual que mi tutu, que se endereza y se endereza, y se levanta, hasta que cansado se pone bien chiquito. Cuando eso me pasa me levanto temprano al otro día y salgo a correr solo para mirarla y comprobar que mis pensamientos de dormido son de verdad. Cuando ella me ve llegar, si es que está por ahí, entonces me saluda:

—Hola, Ludoviiiiiiicooooo...

Y yo le contesto:

—*Que maaaags, o Qiubo pegs.*

Me ofrece agua para la sed en la puerta de su casa. Cuando ella no está por ahí, alguien me ofrece agua; y si no me la ofrecen, soy yo quien se las pide y ellos me la dan si es que no se hacen los bobos. Ya me conocen y son queridos conmigo. Especialmente aquellos que no se hacen los bobos cuando yo les pido agua. Me alegré al saber que Eleonora comprendió mi enojo y me besó en la mejilla abrazándome con fuerza. De todas maneras, se burló de mí porque volvió a decirme:

—¡Que hubo bebéééé!

Esta vez no me enojé. Solo sonreí. Sería la única que en secreto me llamaría bebé. Creo que entendió cuando le conté de Amparo en la medida en que ella me preguntaba, mientras caminábamos por otro de esos pasillos. Entre otras cosas, traté de hacerle saber de mi tristeza por no poder verla esa misma tarde. También le conté que a veces me ofrece frescos para calmar la sed y que me presta servilletas del comedor para limpiarme el poco sudor que me sale del cuerpo cuando corro todo el día. De todas maneras, ya contento de estar con ellos, le devolví el abrazo. Me sentí feliz de ver parte de mi familia junta, pues durante los últimos veinte años los viejos y yo esperamos los días aclarar y oscurecer en silencio, espantando las palomas que llegan al balcón de mi casa y se cagan en las barandas.

Salimos buscando el parqueadero del aeropuerto luego de caminar y caminar por diferentes pasillos que conectaban con otros parqueaderos. Mi cuñado se adelantó a traer el carro en el que nos llevaría a su casa donde ahora vivía y que ninguno de nosotros conocíamos. Llegamos finalmente a un punto donde nos condujo Eleonora. Pudimos ver que Tomás ya nos esperaba con todas las puertas del carro abiertas, incluida la trasera. Al reconocer que el carro era el mismo de hacía unos años, no dudé en expresarle mi comentario:

—Egte caargrro mun vieeeejo.

Comprendió mis palabras y sonrió. Qué bueno que desde el día que nos vimos por primera vez, hace unos diez años, en el viaje de mi familia a Miami para su boda con mi hermana, mi cuñado aprendió a conocer mis preguntas y comentarios sin molestarse. Me explicó que, aunque quería tener un carro nuevo para mi llegada no le había sido posible por falta de dinero. No dudé en insinuarle que fuera al banco a comprar dinero para que tuviera uno nuevo. Sonrió y me prometió que para mi próxima visita lo compraría. Eso fue suficiente para mí. Mi cuñado se dedicó a sudar subiendo las cinco maletas.

Yo le ayudé a hacerlo cuando él me lo pedía. Hacía mucho calor. Sudábamos y sonreíamos al tiempo. Al subirnos al carro sentimos el fresco del aire acondicionado que funcionaba haciendo un ruido que nos hacía hablar duro para escucharnos. En tan solo unos minutos logramos tomar la autopista rumbo a casa. En el carro se formaron tres grupos de conversación. Eleonora y mi mamá, por un lado. Mi cuñado se encargó de hablarle a mi papá y a mí me tocaron Eduardito y la pequeña Camila, que al ver mi rara mirada tan cerca de ella, comenzó a llorar buscando a Eleonora con afán. Ella no tardó en calmarla con la ayuda del pequeño Eduardo. Al cabo de los minutos llegamos a la casa. Estábamos ansiosos de conocer el nuevo hogar de mi hermana. Mi mamá me había contado que la casa bonita que ellos antes tenían había sido cambiada por esta casa vieja y descachalandrada.

Lo primero que noté fue que la noche en Miami llegó más tarde, como a las ocho. En Medellín llega como a las seis. Pese a que la casa de Eleonora estaba como para ponerla en la basura, con olor a viejo y todas las paredes despellejadas, nos hicimos a la idea de que para nuestra próxima visita estaría como nueva. Aunque estaba muy feliz de estar allí, no podía dejar de recordar a Amparo sonriendo. Creo que la extrañé.

Durante el resto del día estuve jugueteando con los niños. Les hice muecas parecidas a las que hacen los mimos en los semáforos de Medellín para que les den algunas monedas. Yo se las hice para que se rieran un poco porque ellos no tienen monedas. También les escribí su nombre en un papel y les mostré. Quería que supieran que también escribo algunas palabras sin la ayuda de Eleonora. Algo que me mantuvo muy entretenido fue ver pasar tantos carros nuevos frente a la casa.

Mi papá, mi mamá, Tomás y yo, cenamos en una mesa redonda. Los niños lo hicieron sentados en dos pequeños asientos plásticos, de color azul y rojo, que estaban al lado de una mesita blanca también plástica. Luego, Eleonora arrastró una silla y se unió al grupo y charlaron animados. Cuando los veía reír bastante lo hacía yo también, pues no podía diferenciar si se carcajeaban por algún chiste muy bueno o una estupidez muy grande —como cuando un viejo se tropieza, se cae y alguien se ríe—. Qué pesar de los viejos cuando se tropiezan. Desde pequeño me he acostumbrado a reír cuando otros lo hacen y por más grande sea su carcajada la mía debe ser doblemente exagerada. Creo que soy feliz cuando todos son felices.

Esa noche dormí en el sofá. Me sentí cómodo tal vez por lo cansado que estaba. Cuando se quedó en silencio toda la casa y las luces se apartaron para dejarnos descansar, recordé algunas cosas. Como cuando estuvimos sin ropa juntos en el cuartillo del aeropuerto o cuando todavía estaba en Medellín y troté hasta la Comuna para ver sonreír a Amparo y contarle que viajaría a Miami con mis papás. Ese día le dije:

—*Magñnana Miayaama.*

Pero ella no entendió, aunque me esforzaba en lograrlo. No es tan experta en entender mis palabras como mi mamá o mis hermanos o mi cuñado. Sin embargo, le repetí de varias formas:

— *Yooo, avión aaa Miiayama. Miamaaa…, papááá…, maleeetas…. ¡cccinco de la magñnana!*

Le repetí contadas veces hasta que por fin comprendió y me preguntó triunfante:

—¡¿Te vas pa Miami?!

Le contesté que sí. Sonrió y me revolcó el pelo. Me gusta cuando lo hace.

Antes de quedar dormido repasé todas las conversaciones que escuché durante el día. Siempre lo hago, pese a que no comprendo todo cuanto escucho. Y aunque siempre escucho todo cuanto hablan, nunca soy parte de las conversaciones. Hablando de eso o de algo parecido a eso, recuerdo que un día mi vieja le explicaba por teléfono a alguien que nunca supe quién es, que dizque el médico le había dicho que Ludovico, yo, solo entendía un diez por ciento de lo que escuchaba, pero que comprendía a mi manera todo cuanto veía. Ese comentario me llamó la atención porque escuche mi nombre. Cuando le pregunté a mi vieja ella no entendió mi pregunta y a la larga me tocó tragármela. Eso del diez por ciento me tiene muy intrigado, es decir, para mí siempre ha sido un misterio muy grande. A estas alturas todavía tengo atragantada esa pregunta en mi garganta. A decirlo bien, nunca converso con ellos porque soy lento para entender cuanto hablan. La verdad es que cuando me hablan, casi siempre, quedo perdido. Pero no se me olvidan las palabras que escucho. Cuanto me gustaría tener una conversación larga con alguien. En fin, más bien disfruto cuando me piden favores y mi ánimo anda bien. Creo que nunca tengo pereza para hacerlo.

A diferencia de la casa de Eleonora, nuestra casa en Medellín es grande y silenciosa. Es decir, sin ruidos. Los pocos ruidos que se escuchan en la casa son los de las ollas en la cocina y los que hacen las tórtolas que anidan en el jardín del patio. Algunas veces el ruido del teléfono me hace reaccionar. Siempre es mi mamá la que contesta pues a mi papá y a mí nunca nos llaman. Bueno... casi nunca. Algunas veces mi mamá grita desde el primer piso:

—¡Ludoviiiiiiiiico, es Hugo!

Hugo es mi amigo de Medellín. Mi mamá se refiere a él como un "tonto lento", bueno, no me lo dice a mí, pero la escucho cada vez que se lo dice a alguien por teléfono. Nunca he logrado entender lo que quiere decir "tonto lento", solo sé que es ser tonto. Cuando me acuerde, trataré de preguntarle a Eleonora. Trataré de preguntarle, lo haré, pero no sé si ella podrá caer en la cuenta de que es exactamente lo que quiero preguntarle... ahí veremos.

Hugo siempre llama a mi casa para decirme que va a venir a visitarme en la bicicleta que le compró la mamá en Nueva York. Qué pesar que él no conoce a su mamá, ni conoce New York, porque según le cuenta a mi mamá, cuando de vez en cuando hablan en el comedor mientras almorzamos, ella lo dejó cuando él era solo un niño dizque para irse a Nueva York con un señor que no es su papá. También le dice que su abuela le cuenta que ella lo quiere mucho y por eso le manda regalos como la bicicleta y el aparato para jugar videos. Hugo es igual de viejo a mí y habla mejor que yo con los demás, aunque es muy lento en su andar y muy gordo. Come mucho… parece un animal. Yo soy rápido cuando me muevo, pero no logro hablar bien y no lo entiendo todo. Él es lento. Me da tristeza pues no tiene a su mamá y yo sí. Jugamos videos en silencio. No podríamos hacerlo mientras hablamos porque perderíamos el juego. Casi no cruzamos palabras. Creo que entendemos más lo que dicen nuestras caras y por eso no hablamos.

Mi mamá nos llama para tomar jugo de guayaba o para comer. Ella siempre es atenta con Hugo y conmigo. Cuando Hugo está cansado de jugar videos se va para su casa y yo me quedo solo, nuevamente jugando o mirando la televisión, hasta las tres de la mañana.

Recuerdo que conocí a Hugo una vez que me llevaron a estudiar con otros muchachos como yo. Era una escuela para idiotas o mejor dicho para estúpidos. Unos que no saben hablar, entre esos estoy yo, otros que tienen las manos y el cuello tieso, otros que se babean como los bebés, otros que caminan y hablan lento como Hugo y otros que gritan y tiemblan. Fue muy malo haber estudiado junto a tantos locos juntos. Solo Hugo permanecía tranquilo. Nos hicimos amigos hasta que decidimos no querer regresar una mañana cuando un niño golpeó a la Maestra Matilde con un libro gordo. Le pegó muy duro porque estaba más idiota que todos los días, sí... estaba loco. La profesora quedó asustada y adolorida. Casi se cae del dolor. Tuve rabia, tanta, que estuve encima de ese muchacho golpeándolo. Mi mamá me dijo que le mordí el cuello y el hombro y que solo lo solté hasta que llegaron otros maestros. Le quité un pedazo de su hombro con mis dientes. Él lloraba mucho y gritaba, pero nunca lo solté. Tenía sangre en su ropa y en sus ojos había mucho temor por mí. Nunca más volverá a pegarle a la maestra Matilde. Eso pienso. Ese día no regresé a la escuela. Nunca más volveré. Así quedé dormido mi primera noche en Miami, en la casa de Eleonora, mi cuñado y los niños.

Los monólogos de Ludovico

Monólogos, un día después

Cuando desperté, como a las doce del otro día, todo parecía un misterio por lo largo del silencio. Llegué a pensar que estaba solo en una casa que no era la mía y que lo del viaje era una película que uno ve cuando está dormido. Al parecer se pusieron de acuerdo para dejarme dormir hasta cuando mi cuerpo quisiera. Seguro ya habían desayunado. Gracias a ellos mi primer mañana fue tranquila. Atisbé entre las persianas que dan a la calle y el destello del sol tropezó contra mi ojo bueno, desacostumbrado a la oscuridad, pero me animó a levantarme. Lo primero que recordé fue algo que escuché la noche anterior de boca de todos y que me causó intriga. Según ellos, mis ocho hermanos llegarían a esta pequeña casa durante toda la semana. ¿Dónde acomodar siete más si hasta el sofá estaba ocupado por mí? Ese mismo día llegaría Artur desde Chicago. Siempre ha vivido allá. Tiene una camioneta grande y nueva. Creo que me traerá el catálogo de su camioneta de regalo. Siempre lo hace cada vez que compra una. Irina también llegaría de Bradenton montada en su Volkswagen gris igual al color de las ollas de mi mamá y con una flor amarilla al lado del volante.

A Irina le encanta el color amarillo. Creo que ese color es un color triste… o no triste del todo. Tal vez la culpa de su tristeza no sea por lo del color amarillo sino porque yo la veo así. Para mí que ella es triste, aunque se esté riendo. Lo puedo ver en sus ojos que esconden el brillo de otros ojos. Los ojos de otras personas que nunca, casi nunca, están tristes o que la tristeza no se les nota en la mirada… eso es lo que a mí me parece. Sería muy lindo conocer su Volkswagen. Su Volkswagen color olla como ella misma lo llama. Ella me mandó el catálogo cuando lo compró nuevo el año pasado. Me gustan mucho los carros nuevos. Mis hermanos me envían catálogos de sus carros cuando están nuevos. Los guardo siempre en mi habitación y cuando llega Hugo a visitarme los miramos, siempre y cuando no estemos jugando videos. Fausto, mi otro hermano, mayor que Eleonora, llegará dos días después en su carro viejo desde Key West. Qué pesar que Fausto no tenga un carro nuevo. Cuando llegue le pediré a Irina que le compre uno o que le preste su Volkswagen. Entendí también que Raisa llegará desde Londres. Qué pereza Londres… y qué pereza Raisa. Cuando estuve en Londres tuve frío. El día era gris todo el día. Anatoli también llegará de Nueva York en avión, como nosotros.

Le preguntaré si le hicieron quitar la ropa como cuando llegamos de Medellín y si le preguntaron también si traía harina. Eleonora me explicó que cuando llegamos colombianos a Miami los policías creen que todos traemos harina. Seguro a ellos les encanta hacer pan... Anatoli es el segundo entre los más viejos de mis hermanos y es el primero que se vino para los Estados Unidos. Todos en casa dicen que tiene mucho dinero, pero que no tiene un carro nuevo. Él tiene mucho dinero, pero guardado, creo yo. Todo lo que tiene es viejo: sus zapatos, su carro, sus camas, sus cobijas, en fin, todo cuanto tiene, hasta su mujer. ¡Ah!... Tiene también algunas cosas nuevas como sus amigas de Medellín.

Cuando Anatoli llega a Medellín casi siempre llega solo, sin su mujer de siempre, su esposa Irma. Se nos aparece en la casa con amigas nuevas, es decir, no tan viejas como él. En eso se parece a mí que me gusta Amparo, esa muchacha tan bonita que me gusta tanto. Me gusta además porque a mí nunca me han gustado las cosas viejas. Cuando me llevaron a Nueva York para visitar a Anatoli solo andábamos en tren debajo de la tierra. Nueva York me da susto.

Igor, el más viejo de todos mis hermanos, también llegará esta semana desde Medellín. Dice mi mamá, cuando habla por teléfono con su amiga Cecilia, que Igor es muy malgeniado y que no tiene casa propia. Eso es cierto. Además, él también maneja un carro viejo que a mí no me gusta. He escuchado muchas veces que mi papá ha preferido más a Igor que a los demás, porque es el mayor y porque lo acompaña los viernes a jugar billar y a tomar aguardiente. Bueno, eso era antes, porque mi papá solo sale a tomar los jueves con Tello. Según él, ya está muy viejo y se le está olvidando el billar. En cuanto a Boris, mi hermano mayor que yo, pero menor que Fausto, lo veremos esa misma tarde pues vive en Miami en otra casa, lejos de la de Eleonora. Qué pereza ver a Boris otra vez. Siempre está borracho y habla sin parar diciendo groserías. En fin, creo que se dieron cuenta de que yo desperté porque escuché voces y carcajadas. Caminé hasta la cocina donde todos saludaron casi en coro:

—¡Hola, Ludoviiiiiico!

—¡*Qiubo pegs!*— contesté adormilado y con los ojos aún inflamados y empequeñecidos.

Mi mamá, con la pequeña Camila en brazos, descansaba sentada en una butaca redonda, de esas de madera. Por el olor que sentí, estaban preparando el almuerzo. Lo confirmé cuando vi que mi mamá tenía puesto un delantal floreado, igual al de Eleonora. Ella, siempre que se levanta, se pone un delantal y solo se lo quita después de que nos sirve el almuerzo y lava la loza sucia. A veces se lo quita antes cuando yo le digo que le ayudaré a lavar la loza. Me gusta lavar la loza en la casa cuando no estoy ocupado, mirando por la terraza lo mismo que miro todos los días. También pude descubrir a mi papá dormitando en la habitación que puede verse desde la cocina. Él siempre dormita con la televisión encendida a cualquier hora del día y en cualquier casa donde esté. En ciertas ocasiones, cuando despierto a las cinco de la mañana porque tengo ganas de orinar o antes de apagar mi televisor a las tres de la mañana, le apago el televisor para dejarlo roncar tranquilo.

—¿Cómo dormiste?— preguntó Eleonora.

—¡Ah! *Biemm*— respondí como siempre respondo cuando todo está bien.

Miré hacia el reloj del microondas y supe que ya era medio día. Lo supe porque cuando son más de las doce quiere decir que ya va a empezar la tarde y que la mañana se acabó. Me dio algo de vergüenza haberme despertado a esa hora en casa de Eleonora. Por lo general la gente se despierta por la mañana. Ella lo notó y me habló pausado para facilitar mi entendimiento:

—Son, hasta ahora, las doce, no importa... no está tarde ¡Miami rico! No tenga pena.

—*Gagtia*— le contesté agradeciendo su cariño.

Me ofreció el desayuno, que ya tenía listo y guardado en el mismo microondas donde vi la hora, y que había escogido como mi reloj preferido desde el día anterior. Ese reloj no tiene rayas sino números. Creo que para mí es más fácil ver la hora con números que con rayas. Los niños me saludaron con cariño. Les dediqué unos minutos mientras la mesa estuvo lista. Eleonora se sentó a acompañarme. Al parecer mi cuñado estaba trabajando. Siempre me acompaña en la mesa cuando vengo a Miami. Aproveché tener a Eleonora cerca y pregunté por mis otros hermanos que llegarían a encontrarse con nosotros:

—*Iriiina, Booooris, Fausto, Artur, Iiigooor, Raisaaa, ¿cuáááándo?*

Me contestó lo mismo que yo había escuchado la noche anterior. Que llegarían cada día de la semana. Me dio alegría, pero dudé que fuera Navidad en junio. Recuerdo que cuando nos juntábamos todos los hermanos con mamá y papá era para entregar regalos de Navidad. No dudé en seguir preguntando:

—*¿Todos, todos Miayama? ¡Niño Jesssúús, diciemmmbre!*

Me aclaró que no estábamos en Navidad. Que habían planeado estar reunidos con papá, mamá y conmigo, pues desde hacía muchos años estaban lejos y nosotros permanecíamos solos en Medellín. Sentí tranquilidad al escucharla pues cada día oigo a mi mamá decir que alguien conocido ha muerto. Es extraño, todos los viejos mueren menos los de mi casa. Sentí también susto y tristeza cuando lo pensé y se lo dije a Eleonora:

—*Yo, prigste, prigste.*

—¿Triste? ¿Por qué?— preguntó con curiosidad.

—*Mugrió Liiia, mugrió joorgeee, mugrióóóó… Patricia.*

—No estés triste bebé. Murieron felices. Estaban viejos, muy viejos—contestó abrazándome con cariño.

Le dije lo único que se me ocurrió decir cuando

estábamos abrazados.

—*Qué pezzarg.*

—Sí, qué pesar— exclamó.

También me pidió no preocuparme porque según ella mamá y papá estaban muy aliviados. Me dijo que estaban tan aliviados que vivirían hasta los cien años. Yo sé que de ochenta hasta cien hay veinte. Eso quiere decir que los tendré veinte años más. Le pregunté cuántos años tendría en ese entonces. Me dijo que muchos, pues tendría el pelo blanco como León, el hermano de mi mamá, que tiene al pelo blanco. Le mostré que yo también ya tengo unos pelos blancos en mi cabeza.

Llegaron las tres de la tarde y mi cuñado debería salir al aeropuerto a recibir a Artur. Esperé a que me invitara, siempre lo hace. Ese día no fue la excepción. Ni siquiera me preguntó, solo me dijo:

—¡Vamos pues Ludovico!

Aunque yo estaba pendiente de su salida le pregunté para estar seguro.

—*¿Vamosssgs…? ¿Adóóónndeee?*

—Al aeropuerto, por Artur.

—*¿Arggtur?*

—Sí… Por Artur, al aeropuerto, ¡vamos!

Y nos subimos a la camioneta. La Cherokee Laredo de color blanco que conocí unos años antes y en la que nos había recogido en el aeropuerto el día anterior. Estaba limpia pues mi cuñado la volvió a lavar temprano para que Artur la encontrara perfecta, al igual que la habíamos encontrado nosotros, cuando él nos recogió en el aeropuerto. Comprobé que pese a ser un carro viejo era rápido y agradable. Entramos en conversación. Él siempre me pregunta las cosas que no entiende cuando yo las hablo. Me pone mucha atención, parece que me quiere de verdad. Como uno quiere a los amigos. Así como yo quiero a Hugo que, aunque es muy lento siempre quiero saber qué quiere o qué dice, no importa que lo diga con sus ojos, con sus palabras o con su mirada. Con mi cuñado hablo cosas que nunca hablo con nadie. Es un amigo que quiero mucho, algo así como a Hugo. Le cuento de las películas que veo en televisión. Él se ríe cuando me oye decir que las mujeres salen con las tetas al descubierto y que siempre se acuestan con hombres y gritan y gritan y los pellizcan y los pellizcan y que a veces salen dos mujeres con un hombre y a veces tres o cuatro y que me gusta mucho verlos juntarse y juntarse y que cuando salgo con mi mamá al supermercado veo a las muchachas bonitas caminar y en mis ojos las veo sin la ropa gritándome y gritándome y pellizcándome y pellizcándome hasta que por fin se quedan cansadas de gritarme y pellizcarme.

A veces que salgo con mi madre ella me regaña porque tengo mi pantalón estirado encima del tutu, entonces pienso en otras cosas y se me pasa. Otras veces no me pasa nada, pues ese día no me dan ganas de verlas sin ropa ni pellizcándome o gritando. Es divertido. Mi cuñado me dice que soy pícaro. Yo siempre le digo que soy como el diablo, muy malo. Él me dice que todo está bien y que no es malo ver mujeres desnudas porque tengo más de cuarenta años. Es un buen cuñado. A veces, me deja tomar una cerveza sin que mi mamá se dé cuenta. La sirve en un vaso como si fuera para él y me dice que yo puedo tomar cuando mi mamá no me esté viendo. Me gusta tomarme una cerveza cada viernes cuando tengo billetes de Medellín, no de Estados Unidos. Ese día paso por el bar donde mi papá e Igor juegan billar y compro una cerveza. Cuando me la he tomado salgo a seguir trotando o a caminar pues quedo un poco lento, pero sin sed. Yo ya soy grande y tengo novia. Los grandes como yo toman cerveza. A mi cuñado también le conté de Amparo. Él se puso contento por mí y me preguntó si tenía una fotografía para conocerla y yo le dije que no. Le conté también que murió Jorge, un amigo de la Comuna Trece. Que lo mató la policía en Medellín cuando estaba en un carro que vale mucha plata. También le mataron a su novia. Él tenía una pistola y mató a un policía antes de que lo mataran a él y a su novia. Mi cuñado me preguntó que cómo sabía de eso y yo le conté que lo había visto un día cuando fui a ver a Amparo, pero que me escondí en su casa. Recuerdo que ella me dijo apurada, casi arrastrándome:

—¡Vamos pa dentro, es una balacera!

En la Comuna Trece hay gente con pistola. Jorge y su novia eran amigos de Amparo. Vivían a dos casas de la de ella y su mamá lloró mucho. Cuando lo enterraron mucha gente lloró. Unos amigos disparaban para arriba y lloraban. La mamá se desmayó. Pobre. Mi mamá se preocupa cuando voy a la Villa porque cree que algún carro me puede pisar. Creo que se pondría muy triste si se entera de que de verdad estoy yendo a la Comuna Trece. No sé por qué. A Hugo no lo dejan ir porque le roban la bicicleta que le mandó su mamá de Nueva York. Como yo no tengo bicicleta de Nueva York ni de Medellín no me roban nada. Además, soy su amigo. A todos les digo:

—*¡Qiubo pegs!*

Y ellos me dicen...

—¡Hola, Ludoviiiiiico!

Estos días mi mamá me compró un teléfono para llevar en el bolsillo. Hugo le dice celular. Me lo compró para que yo la llame seguido cuando salgo a trotar.

Mientras mi cuñado y yo hablábamos me prometió llevarme a un lugar donde venden carros Hammer, pues en Medellín hay pocos.

—*¡Me entaaaanta elll Hammer amaaarillio!* — le dije.

Prometió que me tomaría una foto sentado en un Hammer y estuvo seguro de conseguirme sus catálogos. Cuando llegamos al aeropuerto ya habíamos hablado muchas cosas.

Llegó Artur. Me gustó verlo con su barriga grande.

Parecía una señora cuando va a tener bebés. Estaba gordo. Qué pereza ese Artur tan gordo. Me gustaron sus botas. Son iguales a las de las películas de pistolas en que los señores disparan montados en caballos y matan indios con plumas en la cabeza. Artur se parece a uno de los hombres de esas películas. Siempre anda con pantalones azules, botas negras y camisas de rayas o de cuadros grandes, pero no tiene sombrero ni caballo. Más bien anda en una camioneta grande de color negro. Una camioneta con llantas grandes y a la que se sube como encaramándose en un caballo. Es muy chistoso. Lo quiero mucho porque nos hace reír. Nunca comprendo sus chistes, pero siempre me río porque él solo dice chistes. Ese Artur sí que es bueno. Lo quiero mucho. Llegó arrastrando una maleta pequeña con ruedas. Creí que traería una igual a la mía. Cuando nos vio se puso feliz, pensé. Yo también me puse feliz y de eso estuve seguro. Me abrazó primero y luego a Tomás. Me dio vergüenza con mi cuñado porque debió haberlo abrazado a él primero. Luego pensé que mi cuñado es buena persona y no se pone bravo por cosas como esa.

Artur me saludó como me saludan todos en casa o fuera de ella:

—¡Hola, Ludoviiiiiico!

—*Qiubo pegs*— le contesté como siempre contesto cuando me saludan así.

Luego me dijo:

—¡Cómo estás de flaco!

De entrada, no le entendí por qué no estaba acostumbrado a esas palabras y porque no lo veía desde hacía muchos años. Como siempre, acerqué mi oreja a él para que me repitiera y me dijo otra vez, pellizcándome la barriga, en voz alta y despacio para que lo entendiera:

— ¡Estás... muy flaco!

Me puse contento porque a mí, la verdad, no me gusta estar gordo. Qué pereza estar gordo como mi mamá. En cambio, Irina y mi papá son flacos como yo. Iguales de lindos como yo. Aproveché para contestarle:

— *Ugsted mun goooorddo. Irina y papá... flaacos ¡liiinndos!*

Y me reí de él. Él también lo hizo sobándose la barriga y haciéndome dar envidia porque yo no tenía la barriga tan grande como la de él.

Nos fuimos al fin del aeropuerto. Artur le dijo a mi cuñado que tenía la Cherokee muy bonita y que el motor le sonaba bien. A él le gustó escuchar eso. Yo seguía pensando que debería comprar una camioneta nueva y poner esa en la basura. Les dije:

—*Egte caargrro mun viejo... aa laa bassuuura.*

Pero no me escucharon por estar hablando. Artur preguntó a mi cuñado por mis papás y él le dijo que bien, aunque mi mamá estaba delicada. No supe que quiere decir delicada, pero pensé que es algo bueno porque ella está con nosotros y la he visto reír en casa de Eleonora. De mi papá le contó que lo veía bien, aunque más sordo que antes. Tampoco supe que quería decir sordo. En algún momento podré preguntarle a Eleonora o a mi cuñado cuando lo vea solo y yo me acuerde de preguntárselo. Pensé, sin embargo, que estar sordo no es malo porque también él está con nosotros sin importar que se ría menos que mi mamá.

Al llegar a casa abrieron la puerta y allí se acomodaron todos. Unos detrás de otros porque eran muchos y no todos cabían al frente. A mi mamá y a mi papá los dejaron salir primero. Creo que supieron que habíamos llegado al sentir el motor del carro o quizás al vernos llegar por la ventana. Lo digo porque salieron sin que ni siquiera hubiéramos salido del carro, ni hubiéramos tocado la puerta. Algo parecido a cuando yo siento el ruido del carro de Igor, cuando llega a comer al medio día a nuestra casa de Medellín.

—¡Hooola, Arturitooooo!

Saludó Eleonora entusiasmada voleando su mano, mientras mi mamá y mi papá sonreían de contentos. Ese Artur los hace reír con tan solo aparecer. Artur se bajó del carro y corrió a abrazarlos empezando por mi papá. Hacía algunos años que no los tenía cerca. Esta vez le tocó a Eleonora el último abrazo. Pensé que, cuando hay abrazos, yo era el último siempre. Qué risa me dio. A Eleonora la abrazaron de última. Artur cargó a los niños en brazos como un buen papá. Él es el papá de Patty, mi sobrina, igual a mis sobrinos Eduardito y Camila, pero muy grande. Ya tiene veinte años y trabaja en Chicago. Que pesar que no vino con Artur. La recuerdo cuando era chiquita como Camila. Pero no sabría decir como es ella ahora. Creo que está muy parecida a Artur porque entre la familia la gente se perece. Así como yo me parezco a Boris o a Fausto y ellos se parecen a mi papá o a mamá. Pero qué raro: ni Irina, ni Eleonora, ni Raisa se parecen a mi mamá.

Ahora ya estábamos ocho en casa de Eleonora. Muchos para caber en la Cherokee, muchos para dormir en esa casa tan pequeña. Y pensar que seríamos dieciséis al terminar esa semana.

Artur les contó cosas que soltaban risotadas a todos. Ese Artur siempre les cuenta cosas que los hace reír. Por lo que puedo imaginar, les cuenta de él, de sus perros, de su casa, de su bote, de sus amigos y de su hija. Creo que lo que más les cuenta tiene que ver con su hija. Eso lo imagino porque la gente que tiene hijos solo quiere hablar de ellos. Lo digo también por mi madre que siempre anda hablando de mí cuando atiende las visitas. Yo también quisiera tener hijos para hablar de ellos siempre, pero como no los tengo, prefiero mejor hablar de mis hermanos o de mis viejos, mis más parecidos hijos. Creo que Artur también les contó cosas que yo jamás comprenderé, cosas de las cuales nunca me enteraré. Y creo que fue así porque algunas veces dejaban de reírse y se ponían muy serios. Se ponían serios y algunas veces me miraban con disimulo, uno a uno. Me miraban y cuando se encontraban con mi mirada vaga me sonreían como no queriéndose apartar de la conversación que tenían, ni queriendo que yo me fuera donde ellos o algo parecido. De alguna manera yo también comprendía que lo que hablaban era serio y lo menos que quería era molestarlos. Han sido tantos años de verlos hablar que me he venido acostumbrado a conocer sus gestos, sus miradas, sus movimientos. Por lo visto, algo hablaban de mí, algo muy serio porque no se reían y todos, cuando hablaban, miraban a mi vieja y muchas veces miraban a mi viejo, al viejo Oslo, que apretaba repetidamente sus ojos, apurado, y que salivaba sus labios con afán, como haciendo el sonido de los besos. Eleonora de vez en cuando se le acercaba y le sobada el hombro como para calmarla. Entonces Artur salía con otro disparate y los sacaba de la preocupación que parecían tener y soltaban otra risotada bien grande y seguían riendo y riendo.

Después de estar conversando por un par de horas decidieron que iríamos a reconocer Miami y a ver el mar. Qué bueno sería ver el mar de Miami una vez más. Ese mar de Miami es muy bonito. Es bonito, aunque me guste más el mar de Puerto Aventuras. Es que en Puerto Aventuras los peces de colores se pueden ver en el agua así no tenga uno los ojos metidos en ella. Es decir, los peces se pueden ver desde afuera. Le preguntaré a mi cuñado cuando nos vuelve a llevar a Puerto Aventuras. Le diré que cuando pueda, me regale una de esas gafas grandes, de color verde o azul, para ver los peces dentro del mar sin que me ardan los ojos. Nunca en mi vida había visto tantos peces de colores juntos como cuando estuvimos en Puerto Aventuras. Recuerdo que fuimos con Irina también. Ella tenía un vestido de baño amarillo que se ponía cuando íbamos al mar. Pero... en fin, el mar de Miami también es bonito, con todo y su ausencia de peces de colores en la orilla, es bonito. No como el mar de New York, el de Anatoli, que es negro, profundo como la tristeza que suelo tener algunos días cuando en la terraza de mi casa de Medellín veo los días llegar, las noches llegar, los días marcharse y las noches también.

Tuvimos un poco de problemas antes de salir de casa porque queríamos entrar al baño a orinar antes de subirnos al carro. Eso sí que fue un problema. Un problema de tiempo porque tuvimos que esperar largo rato para salir. La verdad, solo los hombres tuvimos que esperar y eso era un problema al que yo ya me había acostumbrado. Especialmente porque mi mamá se demora mucho antes de salir. Cada vez que debo esperarla me fijo en el reloj que Fausto me regaló en una Navidad y noto que pasan hasta treinta y otras rayas para que ella salga con la cartera colgada en el hombro y oliendo al último perfume que alguno le envió desde... Londres, Key West, Miami, Nueva York o Bradenton.

Siempre es así. Se baña en perfume. Se pone tanto que debo estornudar y rascarme el paladar con la lengua. Qué desesperación siento cuando eso pasa. A veces me pongo muy mal, muy bravo. Trato de no decirle nada, pero como no puedo controlar mis estornudos, tengo que decírselo:

—*Ugsted mucho perfume. Yo mun enfermo. ¡Que perecza perfume!*

Ella me contesta que pronto el perfume dejará de oler. Que me aguante un poco mientras el perfume se va. Que me tape la nariz. Es decir, que no la moleste, porque... dizque, así como llegó el estornudo, así se me quitará. Algo que ella me repite es que no podrá nunca dejar de usar sus perfumes. Sé que se los pone porque no le gusta estar sin olor cuando se encuentra con las otras viejas en el supermercado, viejas que conoce o no. Ella tiene siempre la razón: el estornudo se me va solo, igual que como se me aparece. El olor del perfume se parece mucho al olor de estar contento o de no estarlo, o de estar miedoso o de no estarlo, o de estar despierto o de no estarlo. Yo creo que todo lo que uno siente y que no se puede tocar es como el olor de los perfumes que llegan y pronto se van, o que están y después no. Que llegan muchas veces sin que uno los haya llamado. Pero algo que siempre pasa es que, así como estar contento, miedoso o algo parecido los perfumes nunca se quedan... a no ser que uno se eche un frasco entero encima. Un perfume fuera de su frasco es como el olor de estar contento. Cuando siento que no estoy contento, por no poder ver a Amparo, siento que soy como un frasco de perfume sin destapar. No estar contento es para mí como eso, y la sonrisa de Amparo es como el perfume que sale cuando el frasco se abre y me hace estornudar de contento. Ahora pienso que estar contento siempre está ahí, escondido en frascos tapados de muchos colores, grandes o pequeños, redondos, alargados, con tapas rojas, negras, verdes, azules o hasta con el color de la ropa de las muñecas de Camila y que solo cuando hay un motivo salen y se meten en las narices de todos, porque la contentura de uno puede ser sentida por otros. Cuando veo una sonrisa de Amparo en mi pensamiento veo que hay un motivo para estar contento. Entonces de mi frasco de la contentura sale un poco y me lo unto en todo el cuerpo. A veces me unto mucho, como le pasa a mi vieja cuando va al supermercado. Me unto tanto que otros sienten que yo estoy lleno de felicidad, entonces… son los otros los que tienen que estornudar.

Por fin la vieja salió del baño y mis hermanas entraron. Entraron, pero no se demoraron tanto. No se demoraron porque ya sabían que tanto mi papá, como Artur y yo, teníamos la cara brava por tanto esperar en el carro muertos de ganas de orinar. Ya orinaríamos en algún lugar fuera de la casa, cuando ya hubiéramos por fin podido salir. Orinamos en un Burger King, minutos más tarde.

Salimos entonces a mirar las calles de Miami. Apretados en el carro de mi cuñado, pero contentos. Artur manejó la Cherokee. La manejó porque mi cuñado pensó que él debería hacerlo por ser el más gordo. Eso me hizo entender con un gesto muy chistoso que me hizo reír —ese Artur es muy gordo... qué pereza tan gordo Artur—. Mi mamacita lo acompañó adelante también por ser la más gorda. Mi propio cuñado la invitó a ir adelante abriéndole la puerta del carro y ayudándola a subir. Subió como subiéndose en un caballo porque para ella la camioneta era más bien alta. Qué pesar que mi vieja, por ser tan vieja, se suba a un carro como subiéndose a un caballo. Eso también lo entendí porque mi cuñado nuevamente me lo hizo entender con otro gesto que disimuló para que mi vieja no se diera cuenta. El olor a perfume nos hizo estornudar a todos, pero nadie se atrevió a querer incomodar a mi vieja. Yo por mi parte no pude resistirlo y dije refunfuñando:

—*Qué perecza mamáá. Ugsted muccccio perfuuume. Yo mun enferggmo. ¡Qué perecza perfuuume!*

Y ella contestó para que todos le escucharan:—¡Lo siento mucho mijito!

Le entendí por qué siempre me contesta lo mismo y tenía la razón. Se me quitó el estornudo y también el de todos, incluido el pequeño Eduardito. A Camila no le dieron estornudos ni a Irina, ni a Eleonora. Creo que porque son mujeres y las mujeres son las que más se echan perfume para salir, entonces ya están acostumbradas. Llegamos a un lugar cerca del mar. Un restaurante grande, con muchas mesas y barcos afuera, amarrados, como los caballos de las películas donde los dueños se me parecen a Artur. Todos hablaban entre sí. Entonces aproveché para mirar el mar y a esos pájaros grandes que tienen bolsas en el pico. Mi cuñado me contó que les dicen "pelícanos". Todos los de mi familia hablaban y reían unas veces, otras, reían y hablaban hasta que a Eleonora se le ocurrió salir a bailar con la pequeña Camila en sus brazos. Creo que para hacerla dormir porque estaba necia y no los dejaba hablar. Ahora no solo hablaban y reían, sino que también bailaban. Como yo no hablaba ni bailaba, solo reía cuando les veía gestos que me causaran curiosidad o me parecieran chistosos. Después de ellos tomar cervezas y los niños y yo Coca-Cola, Eleonora me preguntó haciendo gestos con su cara y con sus manos:

—Ludovico, ¿tienes hambre?

Qué bueno que lo hizo pues hambre sí tenía. Sin embargo, el olor del mar me hizo sentir ese olor a pez que siempre he detestado. Fue entonces cuando le contesté:

—*A mí no me gussgsta pescaaao.*

—Entonces… ¿Quiere carne con papas fritas?— me preguntó.

—*Escco ki.*

Ella pidió carne para mí con muchas papas fritas. ¡Me encantan las papas fritas! Quedé esperando la comida mientras preguntaba a mi cuñado acerca de los otros pájaros, diferentes a los pelícanos, y de los barcos que seguían amarrados como caballos.

Jugamos a cuál barco nos gustaba más. Le pregunté a mi mamá cuál le gustaba más a ella para yo opinar lo mismo. Siempre me ayuda a escoger las cosas cuando tengo que escoger y aunque no sabe mucho de barcos porque en Medellín no hay, me ayudó. Fue muy divertido. Escogí un barco diferente al que mi mamá me recomendó. Preferí uno no tan grande porque dentro de él pude ver a una mujer linda, de pelo amarillo y cara bonita. Una mujer igualita a las de las de las películas que veo de noche antes de dormir. Una mujer de esas que me hacen estirar el tutu y que me hacen temblar y temblar de contento... Una de esas. Sí, era una de esas... Me llamó tanto la atención porque cuando volteó su cuerpo para meterse en la sombra del barco dejó mis ojos sorprendidos. Sus nalgas redondas eran tan bonitas que ni siquiera me hubiera gustado que la tira de su calzón de baño verde las tocara. En Medellín no hay mujeres de pelo amarillo, pero si muchas con las nalgas tan bonitas como las de esa mona. En Medellín casi todas las mujeres bonitas tienen el pelo negro o café. Me gustan los barcos donde hay mujeres muy bonitas como Amparo. Ella es muy bonita. Me hace falta Amparo cuando la recuerdo.

Había, en ese lugar, música que tocaba un señor café de ojos verdes, con pelo largo y desordenado, como si tuviera pedazos de mugre colgados de él y que tocaba un piano mientras cantaba. Mientras cantaba muy bonito. Me gusta la gente que cuando canta bonito toca el piano… Lo hace a uno sentir contento. Esa gente es como el perfume que se escapa de su frasco y su olor nos llega a todos haciéndonos estornudar de contentos. Era un señor diferente, que poco se parecía a casi todos los señores. Su pelo más bien parecía tiras de trapo colgado, pero, en fin, era su pelo de verdad. De eso sí que estoy seguro porque se lo miré casi todo el tiempo. Cantaba lindo. Su música era muy alegre. Tan alegre que una señora, también de color café, bailaba. Era una señora muy bonita, parecía su mujer porque le sonreía y él también le sonreía a ella. Era tan bonita como ella misma pues nunca había visto una señora tan bonita como ella. También tenía nalgas grandes y tetas chiquitas. Digo chiquitas porque no se le salían de un pequeño sostén rojo que las cubría por delante. La demás gente también bailaba. A mí no me da pena bailar, pero no me gusta hacerlo. Creo que porque la gente me mira mucho. Es que mis ojos no se quedan quietos cuando miro. Se mueven tanto a veces que ni yo mismo logro ver lo que necesito ver. Cuando eso me sucede, cuando mis ojos se mueven muy rápido, muy desesperantes, voy donde mi vieja y le digo que mis ojos están necios. Ella me dice que me quede sentado al lado de ella por un rato y, que, si no se me quedan quietos, le avise para ella darme media pastilla y ya. Solo que cuando me da esa media pastilla ya no me quedan más ganas de bailar o de reír. Me dan más bien ganas de llorar y de no estar contento y dejo de ser rápido. Es entonces cuando me alejo de todos y no siento ganas de reír cuando todos ríen. Cuando mi mamá me da media pastilla me siento como el mar de New York, quieto, sin peces de colores. No como el de Puerto Aventuras que sí los tiene y que se pueden ver desde afuera. Me senté cerca de mi madre pensando que debía estar solo, quieto, parado, como cuando me paro frente a la ventana de la casa de Eleonora, mirando pajaritos como cuando estoy en Medellín o mirando lagartijas como cuando estoy en Miami. Solo sé mirar bailar moviendo mis ojos casi siempre. Algunas veces mis ojos no se mueven inquietos y veo mejor. Eleonora me pidió que bailáramos, pero me dio pereza y no quise. Preferí quedarme tratando de adivinar que hablaban mi mamá, mi papá y Artur. Una vez más me quedé ahí, concentrado en entenderles, pero lelo y retraído ante los ojos de ellos. Fue difícil para mí saber de qué hablaban. Imposible fue. Recuerdo que dijeron algo así como que no sabían qué hacer con un mueble viejo que mi madre tiene en la casa de Medellín. Recuerdo que mi mamá dijo:

—Por eso fue por lo que hicimos este viaje tan largo.

Pensé que hablaban del mueble donde mi mamá guarda cosas de vidrio que le regalan en Navidad o que le manda Fausto, que es el que más le manda cosas de vidrio. Mi madre las llama "cristal". Cada vez que me pide que le traiga un "cristal" para poner sus flores me quedo pensando… ¿Será que al "cristal" también se le dice vidrio? Porque lo que yo veo es que los "cristales" de mi vieja son de vidrio igual que el de las ventanas de mi casa. Es que ese Fausto quiere mucho a mi mamá. Creo que de todos es quien más la quiere porque le manda también cositas más pequeñas donde guarda sus anillos, aretes y otras cosas que la hacen feliz. Mi madre guarda algunos billetes de los Estados Unidos en una caja de madera que está en el armario donde pone la ropa que plancha los viernes la mujer grande de piel café. Mi papá nunca sabe dónde guarda mi mamá los billetes amarrados en un rollo grande y que todos le regalan. Especialmente Fausto y Anatoli, el de New York. Mi papá también tiene plata, pero en el banco. Creo que mi papá tiene mucha plata porque siempre que mi mamá va al supermercado, compra con la plata de mi papá. Mis hermanos nunca le regalan plata a mi papá. Cuando a mi papá se le acaba la plata del bolsillo va al banco y compra más. Todos los papás compran plata en el banco. Estoy seguro de que yo quiero más a mi mamá que Fausto porque la acompaño todos los días al supermercado sin importar que su perfume me haga estornudar. Cuando llega alguien a casa para saludar a mi mamá, a mi papá y a mí, mi mamá saca los platos de las visitas de ese mueble, del que yo pensé que estaban hablando con Artur. Recuerdo que mi mamá le preguntó a Artur:

—¿Te harías cargo de él?

—Difícil. Aún no soy ciudadano americano y no sabría cómo traérmelo para Chicago— contestó Artur.

Supe qué dijo, pero no le entendí. No entendí siquiera lo que quiso decir. Eso siempre sucede. ¿Qué tiene que ver un ciudadannnn... con el mueble aquel? Luego, Artur dijo algo así como...

—Además, tengo problemas por haber manejado borracho y pueden deportarme a Colombia.

Eso sí lo entendí porque borracho quiere decir lo mismo aquí y en Medellín. De borrachos yo sí sé mucho. Los he tenido cerca desde hace cuarenta y cuatro años. Qué risa. Han vivido conmigo toda mi vida. También conozco borrachos que ya no están porque por estar borrachos los ha pisado un carro. Como a don Chepe, el marido de la señora Elvira, que borracho quedó pisado por un bus en el rompoi de Don Quijote. Borracho es alguien que le gusta dejar de ser como es todos los días, como se levanta luego de dormir y que prefiere ser como la gente no debe ser. Pienso que ser borracho es bonito cuando no se está tan borracho, cuando se está empezando a emborrachar. Me refiero a cuando solo se ha tomado unas dos cervezas y eso que no tan rápido como se las toma Fausto, porque ahí sí que se emborracha y deja de ser él y empieza a reírse por todo lo que no es risible, y empieza a querer molestar a los que están tranquilos, y la boca empieza a

69

olerle a lo que le huele la boca de la perra, y los ojos se le ponen chiquitos, y empieza a portarse como un estúpido, y quiere tomar y tomar más, y quiere sacar a bailar hasta la escoba o al trapero y no se quiere acostar cuando todos ya quieren dormir, y no quiere entrarse para la casa y deja la puerta abierta y por estar borracho no se da cuenta de que los mosquitos se entran a la casa y nos pican a todos, y entonces me toca levantarme a rascarme los brazos, las piernas, la cara, y me toca pedirle a mi mamá que mate a ese Hijueputa mosco que me está jodiendo la noche y mi vieja se levanta con una toalla dizque a matarlo, pero como está vieja no puede hacerlo porque el hijueputa mosquito se esconde, y entonces me toca dormirme tapado hasta la cabeza para que el puto mosquito no me joda tanto. Y al otro día me levanto con esa pendejada alborotada y a Fausto no se le da nada porque nunca ni se entera de que sus borracheras terminan haciéndome dar esa pendejada que suele darme a veces. Pasan muchas cosas por culpa de un borracho que se toma dos cervezas muy rápido o muchas cervezas al fin de cuentas.

Lo cierto es que Artur le dijo a mi mamá que no podía traer un mueble viejo dizque porque manejó borracho y algo más… y se quedaron callados por un rato, tristones, mirándose y mirándome de vez en cuando, con disimulo. Supuse que se pusieron "tristones" más bien… Pensé que Artur ya no se emborrachaba más en Chicago, que había dejado de emborracharse cuando salió de

Colombia, pero por lo visto aquí también se emborracha la gente. Qué pereza los borrachos. De todas maneras, no comprendí lo que hablaron, aunque puse cuidado. Me atreví a preguntarle a Artur como para ayudarle a salir de esa tristeza:

—*Ugsted muebllle vijeo de maaammáá, Colombia, ¿cuáááándo?*

Artur me explicó que no viajaría a Colombia porque tenía mucho trabajo en Chicago. Entonces dije lo que siempre digo cuando pasa algo que yo no quería que pasara:

—*Qué pezzarg. ¡No másggs borraaacchooo!*

Artur se sonrió, pero no muy contento. Pareciera que le llamó la atención lo que dije, pero no tanto como para reírse como cuando todos se ríen por sus chistes. Por lo visto, lo mío no fue un chiste de verdad o fue un chiste malo. Artur habló de nuevo, luego de estar callado por un rato, mientras se miraban y él miraba a la gente bailar como para distraerse o como para no mirar tan seguido a los viejos o a mí. Dijo algo así como…

—Tranquila mamá. Si a usted le pasa algo me largo para Colombia y yo me hago cargo de él.

También dijo…

—No importa que no pueda volver a Chicago.

Y otra vez, se quedó callado. Luego terminó diciendo:

—Quédese tranquila vieja.

Y se le acercó, la abrazó y le dio un beso en la frente.

Eso me pareció raro porque Artur es chistoso, pero nunca lo había visto abrazando a mi vieja, ni menos dándole besos con pesar. Mi mamá me miró y le brillaron los ojos como si quisiera llorar. Como si estuviera hablando de mí o como si me quisiera decir algo son sus ojos mojados. Me sentí triste por ella, quise tranquilizarla:

—*Egte mueeeble mun viejo ¡a la bassura!*

Mi cuñado, que solo escuchaba, habló también:

—Tranquila Doña Anastasia. A Artur le queda muy difícil cuidarlo. Esperemos que lleguen todos y decidiremos qué hacer.

Nuevamente quedé confundido por muchas palabras que no logré entender, pero que me contaron algún sufrimiento de mi mamá. Ella sin embargo no quiso aceptar tirar su mueble viejo a la basura y volvieron a quedarse callados. No me gusta ver a mi mamá triste por un mueble viejo. Creo que para no verla así me paré de la mesa y caminé hasta el frente del barco donde estaba la mujer de pelo amarillo. La contemplé mientras pensaba en Amparo. Cuando la mujer se dio cuenta de que yo la contemplaba sonrió, pero al mismo tiempo se escondió. Seguro que sintió miedo o le dieron ganas de ir al baño a hacer pipí. Qué bueno que pensé en Amparo porque se me quitó la tristeza de ver triste a mi mamá. Sé cuándo mi mamá está triste. Lo sé porque se pone brava por todo. En cambio, mi papá nunca se pone bravo, bueno, casi nunca, o mejor una vez por día. Por lo general se queda callado en el tercer piso llenando los crucigramas del periódico y escuchando la música que le manda mi cuñado para no estar cerca de mi mamá cuando está triste o brava por estar triste. Mi papá siempre escucha música sin cantantes. Música de solo piano o guitarras, pero a mí me gusta el reguetón. La música que oye mi papá es para viejos como él, que tiene ochenta y más.

Salimos del lugar apurados para recibir a Irina. Ella es la consentida de todos en la familia. Lo sé porque cuando yo estaba muy chiquito unos hombres se entraron a la casa y nos golpearon para robar un equipo de sonido que llegó desde los Estados Unidos enviado por Anatoli. Irina sufrió mucho porque le pegaron una patada en la cara que la dejó muy mal. Qué bueno que ahora está bien y me envía regalos de Navidad o de cumpleaños. Eleonora también me envía regalos desde Miami. Especialmente juegos de video. El último que me enviaron fue uno de carreras de carros muy bueno. Soy muy buen jugador de juegos de carreras de carros. Casi siempre le gano a Hugo. Es que Hugo es lento con los dedos y con la mirada y yo muy rápido con mis dedos, aunque con mi mirada, a veces más lento que él.

Monólogos con pendejada y todo

Irina llegó por fin, y tal como lo esperaba me saludó primero, moviendo su mano derecha aun cuando todavía estaba dentro del carro. Llegó en el Volkswagen nuevo color olla que yo tanto quería conocer. Me gustó ver a Irina con su ropa de color gris suave y su cuerpo delgado como siempre. Ella nunca se pone vestidos que no tengan pantalón largo, nunca. Toda mi vida la he visto con pantalones largos. No recuerdo haberla visto con faldas o vestidos donde sus piernas se puedan ver. Yo sé que tiene piernas bonitas porque se las vi un día en el mar cuando nos llevaron a Puerto Aventuras. Ella piensa que sus piernas son feas, seguro es así, aunque ella nunca me lo ha dicho. ¿Será que no cree en ellas como para mostrarlas tal y como lo hacen las mujeres feas y bonitas? Recuerdo que se metió al mar muy rápido queriendo tapar su cuerpo con el agua y que cuando salió corrió a esconderlo, en una bata larga que había llevado y que dejó sobre la arena lista para colgársela cuando saliera. Es una persona solitaria. Así lo fue cuando creció y así lo es ahora. Se acostumbró a serlo diría yo. Es tan solitaria como suelo ser yo. Ahora que se ha vuelto casi vieja sigue siendo solitaria, tal vez más que yo, pues yo salgo de mi casa a saludar a los amigos que me conocen y ella no, ella nunca sale de su casa porque siente temor de la gente, porque piensa que la gente le va a hacer dar pena o qué sé yo. Creo que vino hoy a vernos porque se trata de nosotros, sus papás y yo, y porque hacía muchos años no nos veíamos. Irina vive sola, apartada de todos y de todo. Solo busca a mi padre los miércoles, por teléfono, cuando lo llama a darle a entender que lo quiere y que anda pendiente de él. Lo llama también a ayudarle a buscar alguna palabra que mi viejo no logra encontrar para completar sus crucigramas. Es entonces cuando ella me hace pasar al teléfono y me saluda. El miércoles es el día de las llamadas de Irina a Colombia, nunca falla. Siempre llama a las ocho de la noche. Sé que es ella cuando el teléfono suena ese día, a esa hora y estoy en casa para escucharlo sonar. Cuando mi vieja escucha el teléfono sonar quisiera hacerse la que no lo escucha porque está viendo la novela en televisión. Pero el teléfono suena y suena, entonces grita... "Oslo, contestá el teléfono que debe ser Irina con lo del crucigrama".

Entonces mi viejo no le contesta porque está distraído o dormido ya, o haciéndose el que ve televisión y a mi madre le toca dejar de ver su novela y contestar el teléfono. Por seguro es Irina, casi siempre lo es. Entonces mi madre, por no perderse la novela, contesta apurada: "Aló... hola mija, como está. Ya le paso a su papá que estoy viendo la novela".

Entonces vuelve a pegar otro grito y mi papá por fin se da cuenta de que es con él, y cuando mi mamá por fin siente que mi viejo coge el teléfono y dice "hola mija" y que Irina le contesta "hola, papá", cuelga y regresa a ver su novela de las ocho. Irina quiere mucho a mi viejo. Lo sé por su dedicación. Ella nunca quiere que mi viejo esté solo por eso lo llama los miércoles. Algunas veces, cuando los viejos están un poco enfermos y hay que llevarlos al médico muy seguido, ella viaja a Medellín y se encarga de llevarlos. Antes de regresarse a Bradenton, me deja anotado los días y las horas en que debo darles las pastillas que el médico les manda y yo ayudo así a cuidarlos. Cuando ella regresa a Estados Unidos, soy yo quien les recuerda a qué hora tomarse la pastilla y hasta les llevo un vaso con leche o con agua para que ellos se las tomen. Me gusta ayudar a los viejos a que se tomen sus pastillas. Me gusta.

¿Será que Irina se acostumbró desde chiquita a mantenerse con miedo o con susto…? Cómo me gustaría pensar que no es así. Por lo que veo siempre mantiene esas ganas de no ser vista o de no ser notada. A mí no me pasa igual porque cuando alguien llega a la casa salgo para que todos me vean. Qué importa que me vean así, con los ojos desobedientes o necios y con los oídos apagados o mudos. A mí no me importa que la gente que llegue a mi casa se asuste de mí —si es que no me conoce— o que se quede pensando qué fue lo que les quise decir si es que les dije algo y ellos no entendieron, o porque me hablan y yo no les entiendo, o que de pronto tengan que preguntarle a mi vieja qué fue lo que yo les dije, o que tengan que pedirle a mi vieja que me diga algo que ellos no son capaces de decirme, o que habiendo intentado decirme yo no les he escuchado, o que habiéndolos escuchado no los he comprendido… Qué me importa todo eso, si a mí no me da pena, nunca me ha dado pena. Mi vieja me enseñó que la pena no debía aparecer en mi cabeza. Que yo nunca debía esconderme, aunque las personas se rieran de mí. Algo que sí sé de Irina es que ella le cae bien a todo el mundo y no me explico por qué ella es solitaria. En cambio, yo solo le gusto a los de mi casa o a los que me conocen después de que se dan cuenta de que no estoy loco y que me gusta ser un buen amigo, que disfruto estando cerca de ellos no importa que no les pueda hablar seguido. Con Irina todo el mundo quisiera estar riéndose, hablando, paseando, pero ella prefiere estar sola siempre, no importa que sea bonita, no importa que, aunque siendo bonita, ahora sea más vieja y solitaria, alejada de todos, alejada en una casa linda donde ni la música se escucha, ni la televisión se ve, en una ciudad pequeña que, aunque limpia, no tiene gente en sus calles, donde no hay gente que la visite y a la que le diga:

—¡Qiubo pegs! Y que ellos le contesten… —¡hola, Irrriinnna, commooo egztas de bonniiiita!

Vive en una casa muy linda, de esas casas que salen fotografiadas en las revistas, con una sala desde donde se puede ver la gente jugando golf al lado de un lago donde saltan los peces que están contentos o que quieren comer una mosca que pasó por ahí. Allí vive Irina solo acompañada por las hormigas que de repente se encuentran comiendo sobras de pan que ella no alcanza a limpiar porque son muy pequeñas y no las ve. Esos pedacitos que solo las hormigas ven. Cuando alguien pregunta por Irina lo hace con alegría, lo he notado. Todos preguntan por Irina con cariño, como si supieran algo de ella que les produce pesar. Es algo que no logro comprender. Lo cierto es que la gente pregunta por ella con ganas de verla, pero ella casi nunca está y entonces de nada le sirve que pregunten. Me da risa cuando alguien llega a casa y salgo yo, entonces, el que llegó se asusta si es que no me conoce aún. Si yo fuera Irina andaría paseando mi cuerpo y mostrando mis piernas para que todos aquellos que quisieran verlas las vieran, para que, cuando las vieran, pensaran cosas como las que yo pienso cuando veo los cuerpos de las muchachas, como cuando veo el cuerpo de Amparo con o sin ropa, con o sin sonrisas, con o sin sueños. Es muy linda. Ahora que lo recuerdo, estando yo chiquito, ella le gustaba mucho a un señor de barbas blancas, viejo diría yo, muy viejo para ella cuando era joven e iba al colegio. Era un viejo que quería ser su amigo de todos los días, de todas las noches, y que de pronto quería hacer niños con ella ¿por qué no? La perseguía, llegaba a la esquina de la casa y le hacía señas para que ella saliera, pero mi mamá no la dejaba salir y como ella sí quería verlo, mi vieja la castigaba y la castigaba para que ella no saliera y la encerraba y la regañaba. Eso pasó por muchos años, por esos años en que Irina era la más linda del barrio, la más linda de Laureles, pero la más triste también. Yo creo que Irina se cansó de gustarle a ese señor cuando apenas era una muchacha joven. Joven como Amparo. Creo que se cansó de esperar a que él la pudiera ver para conversar como hacen las personas que se gustan y conversan y se cogen de las manos y se tocan el cuerpo y se besan y cuando están solos se acuestan porque les da pena que la gente los vea, como en las películas que veo por las noches antes de dormir. Pero eso nunca pasó con ellos porque mi madre era muy brava, tan brava que nos castigaba a todos si veíamos a ese señor cerca y no le contábamos. Ella nos castigaba muy duro, más a mis hermanos que a mí, porque nunca me castigó, pero a ellos sí. Porque llegaban tarde, porque no limpiaban la casa, porque no hacían el oficio, y por otras cosas que no sabría explicar. ¿Será por eso que Irina se quedó sola? ¿Será que todavía está esperando que ese señor llegue a la esquina y la llame? ¿Y ella querrá aún ir donde él y que se besen, se abracen y se toquen? Qué pesar de Irina. Se ha quedado sola esperando al señor de la barba blanca que nunca regresó porque mi madre se la ocultó. Digamos que Irina es la única de mis tres hermanas que se volvió vieja sin tener novio, ni amigos de esos que se quedan a dormir con ella. Nunca comprenderé por qué está sola viendo a la gente jugar golf desde lejos, esperando a que los demás se quiten para ponerse ella, esperando que el silencio la acompañe y no la música.

Lo cierto es que Irina llegó en su Volkswagen. Ella

suele saludarme primero cada vez que tiene que elegir a quién saludar primero cuando nos ve a los tres. Pareciera que me quiere más que Eleonora, aunque no creo. Eleonora es más seria cuando de mostrar cariño se trata. Es decir, menos penosa, más decidida, más... bacana. Eleonora es mi amiga cuando necesito contarle lo de la televisión que veo en las madrugadas y a quien le cuento algunas cosas de Amparo y de la gente de las comunas. Y ella disfruta que yo le cuente, se le nota, no le da pena conmigo. Esa noche hablaron mucho entre todos hasta que fue la hora de acostarse. Recuerdo que Irina trajo en el baúl de su carro un colchón de inflar con un aparato que se enchufa en la pared para echarle aire. Esa noche dormí en ese colchón, pues ya éramos nueve. Fue sencillo y divertido. Mi mamá y mi papá debieron dormir en la cama de Eleonora, Irina en la del pequeño Eduardito junto a Camila, Eduardito y Artur en el sofá cuadrado que está frente al televisor más grande y yo en el colchón de inflar.

No fue difícil hacerlo. Lo difícil fue dormir pese a los ronquidos de Artur que suenan más duro cuando se acuesta borracho. Lo sé desde qué él estaba en la casa y se acostaba borracho. Esa noche casi se tomó una botella de aguardiente acompañado por Eleonora que de vez en cuando se tomaba uno con jugo de limón. Nos acostamos a las dos de la mañana, pero al rato alguien tocó la puerta asustándonos. Parecía que Eleonora esperaba a alguien porque se levantó como un resorte. Cuando ese alguien tocó la puerta me asusté por no estar completamente dormido y por estar pensando en vez de estar durmiendo. Artur ni se dio cuenta por qué siguió roncando. Tuve miedo de que alguien tocara a esas horas y corrí a donde Eleonora y le dije que tenía susto.

—*Mucccccio sjjuststo.*

—No te asustes, es Boris. ¡Acuéstate! —respondió.

Notó, por la cara que puse, que yo no le entendí y me repitió dos veces muy bajo hasta que comprendí. Me pidió que regresara a dormir. Me arropé y dejé mi cara por fuera para mirar. Hacía unos meses que no veía a Boris. Lo noté gordo, mucho más que en Medellín. El olor a borracho era idéntico a cuando se despidió porque venía para Miami. Eleonora lo besó en la mejilla y lo abrazó. Al notar todo a oscuras, tambaleante, Boris intentó regresar a la calle. Ella lo tomó de la mano y lo convidó a quedarse. Entonces cerró la puerta. Noté que le habló algo y luego lo llevó hasta la cocina. Decidí dormir pensando en Amparo. La imaginé sonriente como siempre que está feliz y aunque quise ver su cara en el cuerpo de las mujeres de las películas de madrugada, no lo hice. Me avergonzó de pronto mojar el piyama y sería Eleonora quien lavaría la ropa y no mi mamá. Conversé por un rato con Amparo, recuerdo que hablamos de muebles viejos. En un mueble de su sala guarda muchos billetes de Estados Unidos que traen sus amigos para comprar Hammer o Cherokee nuevas.

Al otro día, en alguna hora, desperté escuchando los hijueputazos de Boris y las carcajadas de todos. Con seguridad Artur contó algo que los hizo reír. No me molestaron la bulla, ni las groserías, ni las carcajadas. Amanecí tranquilo, sin rabia por no poder hablar con todos o con alguno o por no poder contar cosas como lo hacen cuando cuentan cosas los que se reúnen a hablar. Solo quería saludarlos e imaginar cómo estaría cada uno de los que faltaban por llegar para decidir qué hacer con el mueble viejo de mi mamá. De todas maneras, es mi hermano, pensé, sin importar que esté borracho o que diga palabras como... hijueputa, que cosa tan culo, o ese malparido sí que es güevón. A mi papá no le gusta Boris por borracho y porque por su culpa pelea mucho con mi mamá.

A mi viejo le dio un desmayo cuando se estaba bañando, en abril, y Boris fue quien lo llevó al hospital. Ese día mi mamá y yo estábamos en el supermercado comprando lo mismo de siempre con la plata que mi papá deja sobre el comedor antes de subirse a hacer los crucigramas del domingo. Qué raro que cuando mi papá estuvo en el hospital no lloré como con mi mamá. Creo que los hombres somos menos necesarios que las mujeres. Eso creo yo, por mi mamá y por Eleonora. Prefiero que Tomás se muera primero que Eleonora porque ella es quien ayuda a Eduardito y a Camila para que tengan ropa limpia. Además, hacen la comida más rica. Eso es raro porque en televisión los hombres son los que hacen la comida más sabrosa, siempre los hombres que tienen gorra blanca. He pensado que las mujeres cocinan en las casas y los hombres en los restaurantes. Mi cuñado nunca ha hecho la comida y solo lo hace cuando vamos a la playa y comemos carne asada. El día que mi papá se enfermó, cuando mi vieja y yo fuimos al supermercado, al taxista que nos llevó le tocó estornudar por culpa del perfume de mi mamá. Yo sabía que había estornudado por el perfume y mi vieja también lo supo. Sin embargo, yo no dije nada y mi mamá tampoco. Con seguridad, si el taxista hubiera sabido que estornudaba por el perfume de la vieja, nos hubiera cobrado más por la carrera. Es posible que los taxistas nunca se imaginen por qué estornudan cada vez que se montan señoras llenas de perfume.

Boris vive ahora en Miami desde que mi papá salió del hospital. Creo que se vino para evitar estar en casa cuando mi papá regresara. Lo supe al escuchar a mi mamá comentando algo parecido por teléfono con Amparo, la mujer de León. Muchas veces, a Boris le ha tocado salir de la casa cuando mi papá se enfurece con mi mamá y le grita: "yo no entiendo cómo un hombre tan viejo solo se la pasa en esta casa diciendo groserías y tomado aguardiente todo el día". Y a veces mi mamá contesta: "yo te decía que no salieras a tomar con él cuando estaba muchacho".

Eso me da risa porque mi papá se pone más bravo, pero no dice más y se queda callado o se aleja, o se hace el que no es con él. Tal vez por esa razón el viejo pocas cosas dice que a mi mamá no le gusten, como hablar mal de Boris.

Los próximos cuatro días pasaron con rapidez. Hablaron mucho, sonrieron, hasta fuimos a la playa e hicimos otras cosas que solo se hacen cuando estamos en Miami. Disfrutamos estar todos juntos, aunque el día cinco amanecí con la pendejada dentro de mi cabeza y haciendo las cosas que no debería hacer, como cada vez que me sucede. Grité a mi mamá con palabras malas que aprendí de pequeño escuchando a Artur, Boris, Igor y Anatoli. Las aprendí de tanto escuchárselas a la gente de la cuadra, del barrio, cuando algo les gusta o les disgusta, cuando tienen rabia y están contentos. Nunca las han dicho para ofendernos, solo las dicen porque no aprendieron a hablar sin decirlas. Puedo leer sus labios y entender cuando las dicen sonrientes, tranquilos o furiosos. Pienso que les gusta tanto decirlas como fumar cigarrillo, tomar cerveza o aguardiente o fumar marihuana como mi hermana, la de Londres, y su marido Randy. Lo que no comprendo es que durante toda mi vida solo he usado esas palabras para gritarle a mi mamá vieja, cada vez que amanezco con la pendejada. Fausto no las dice, solo cuando está un poco borracho... algo así como Artur, pero no tanto como Boris. Creo que fue muy duro para todos ver mis gritos de locura. Es que cuando estoy así todos lo que me han dado felicidad se me convierten en cosas extrañas con caras de personas que conozco o que he visto alguna vez cuando grande o cuando chiquito. Cosas que no tienen piernas, ni brazos, ni boca y que se mueven como peces de colores pálidos con dientes filudos, con arrugas en la frente como de sufrimiento y con unas miradas tristes, tan tristes que me dan ganas de llorar. Es que cuando me da esa pendejada veo caras de personas en cuerpos de elefantes que corren y corren hacia mí para aplastarme y yo corro y corro, pero me alcanzan y me pisan y me pisan mientras gritan desesperados. Cuando me pongo así la gente de la calle llega a mi casa a tirarle piedras a las ventanas y a las puertas de madera y de hierro, y oigo las ventanas cuando se rompen los vidrios. Siento a la gente gritándome para que yo salga corriendo, sin ropa y ellos se ríen de mí y sus piedras me pegan en la espalda, en la cabeza, en las piernas... Siento muchos moscos verdes picando mi cara y yo los espanto y los espanto, pero ellos no se van. Entonces debo rascarme mucho la cara, la espalda, los brazos, las piernas y hasta me saco sangre por rascarme. Siento, siento y siento hasta que mi madre me da la pastilla para que ya no lo sienta más.

Qué pesar de mi vieja cuando me pongo así. Su cara no está serena como siempre. Pero cómo va a estar serena si con la pendejada le digo, frente a su cara, apretando mis dientes y mis manos:

—*Ugted paputa. A mí no mags. ¡Paputa! ¡Paputa! ¡Paputa! ¡Yooo muun bravo!"*

Y la hago pestañear por culpa de la saliva que boto con las groserías que salen de mi boca. No puedo evitarlo, aunque quise mucho hacerlo en este viaje. Me pasó algo así como lo que le pasa a la perra cuando se caga en la sala por no poder salir al patio. Los vi nerviosos, haciéndose los que no me veían o que no me escuchaban. Necesitaba que alguno me diera un puño en la cara para hacerme dormir como en las películas, pero ninguno se atrevió. Mi mamá les tenía prohibido eso. Fausto era el más preocupado de los hombres porque las mujeres no sabían dónde meterse. La única en pie y valiente, sosteniendo a mi hilacha de vida, era mi vieja. Los niños lloraron aterrados por mis escándalos y mi cuñado se los llevó al jardín del frente de la casa. Estuve descontrolado por horas, dos o tres, hasta que mi madre por fin me convenció de tomar la pastilla. Creo que esta ha sido una de las desesperaciones más largas de toda mi vida. Cuando pensaba que ganaba control, regresaba a la cara de mi mamá y le gritaba nuevamente:

—¡Ugted paputa!

Le repetí a sabiendas de que mi único anhelo era esperar su regaño para quién sabe qué hacerle. El diablo se metió dentro de mí para hacerme sentir mal. Lo vi con cuernos, ojos rojos, dientes de perro bravo y cola de flecha igual a la de los indios de las películas donde los buenos que matan a los indios se parecen a Artur. Ese día me volví diablo por haber olvidado algo en Medellín y sentir que nadie me entendería al tratar de explicarlo. Es que siempre que quiero hablar algo necesito poner ejemplos o mostrarlo. Cuando quiero agua fría tengo que hacer entender a mi mamá que estoy sudando, pasándome los dedos por la frente y diciendo:

—Qué calorgg...

Pero cuando quiero agua fría y no sudo, entonces no me entiende y soy yo quien debo servir el agua. Ahora sirvo el agua cuando tengo y no tengo sudor. Mi mamá debía suponer que estaba enfadado por algo perecido. Hace cuarenta y cuatro años que me enfado por cosas idiotas. Ese día mi mamá permaneció callada por vergüenza con todos. Especialmente con mi cuñado y con los niños por ser nuevos frente a mí y no tan viejos como mis hermanos juntos.

El día en que le dibujé a mi mamá como veo mi cuerpo cuando tengo rabia, me dijo que solo yendo a misa con el padre Pío esa rabia se me quitaría. Siempre me ha dicho que el padre Pío es como un policía que me protege del diablo. Sentí ganas de ir donde él y con decisión le dije:

—*Uggsted y yooo a misssaaa. Padre Píooo.*

Y me retiré al jardín donde mi cuñado jugueteaba con mis sobrinos para distraerlos. Me recibió con una sonrisa grande, pero con pesar. Tanto él como yo sabíamos que yo estaba pasando por un mal momento. Sin embargo, no me insinuó malestar alguno. Los pequeños parecían miedosos de verme y buscaban con afán los ojos de mi cuñado. Él me preguntó caminando con los dedos de su mano derecha sobre la palma de su mano izquierda:

—¿Quieres Caminar?

— *¿A dooóndee?*

—Por ahí, por el campo de golf.

Me hubiera gustado entender rápido. Él simuló estar golpeando una pelota en el suelo con un palo invisible. Recordé que me había comentado, dos días atrás, que su casa, aunque muy vieja y fea, quedaba cerca de un campo de golf. Me animé más por querer olvidar que por caminar. Pensé en mamá y me entristecí. Supuse que más tarde o en la noche, cuando yo estuviera buscando dormir profundamente, lloraría y sufriría por no saber cómo pedirle perdón. Creo que no es justo y dije dentro de mí: *tooorrrdón, tooorrrdón.*

— *¿Caminargg?, uugsted, yooooooo, Williii, Camilaaaaaa.*

—Solos tú y yo —contestó señalándome con su dedo y señalándose él.

—*¡Ah!...*

Dejó los niños dentro de la casa y salió de inmediato. Caminamos callados una media cuadra hasta que me preguntó haciendo un giro con su brazo casi sobre su cabeza:

—¿Te gusta este lugar?

—*Egsgte munn bacanno. ¿Cómmo se lliama?*

—Coral Gables

Repitió parte por parte las dos palabras hasta que logré dominar el nombre, que solo dejé de repetir cuando me aprobó alzando el dedo gordo de su mano derecha.

—*Coraggl Gaabllllls.*

Nos pusimos contentos. Me aseguró que compraron esa casa vieja para arreglarla y ponerla bonita para compartirla conmigo cada vez que yo estuviera en Miami, dizque para que yo estuviera siempre tranquilo, caminando por ahí afuera, escuchando pajaritos y mirando jardines con ardillas alegres que suben a las palmeras y a los árboles o que pasan jugando, haciendo equilibrio sobre las cuerdas de la electricidad y que se acercan a mí cuando como algo que ellas quieren o cuando solo quieren ver si lo que yo estoy comiendo les puede gustar o no. Me aseguró que, a diferencia de Medellín, allí podía jugar en el jardín del frente sin temor de que alguien malo me robara los tenis, el reloj o el teléfono. Me gustó saber que ellos han pensado en mí pues jamás lo hubiera imaginado. Me pareció que de alguna manera ellos querían que yo me quedara o que siquiera les dijera que me gustaría quedarme. Es que cuando pienso en mis viejos las cosas cambian porque si me quedo en Miami y los dejo ir solos, seguro se morirán de tristeza porque no podrán preocuparse de que no he llegado temprano o que estoy en la calle y que me van a quitar el reloj o que me van a quitar el celular, o que me van a pegar un balazo pensando que soy uno de esos que le quitan las carteras a las señoras, o que les rapan los aretes a las muchachas, o que les sacan las billeteras a los que se descuidan y se dejan quitar las billeteras. Es que los malos también se parecen a mí, solo que ven mejor que yo y hablan bien, porque los malos siempre hablan bien para que no se les note lo malos que son. En fin, me gustó que ellos supieran que a mí me gustan los animales del jardín porque son curiosos y me entretienen cuando algunas veces necesito espantar las ganas de que no me dé esa pendejada que a veces me da. Lo único que no me gusta es que la casa de Eleonora es muy vieja y huele a viejo y a mí no me gustan las cosas viejas que huelan a viejo. Le diré a mi cuñado que compre una casa nueva y que me deje quedar siempre y que los viejos también se queden conmigo, y que, si puede…, le diga a mi mamá que me deje llamar a Amparo y que mi mamá le diga a Amparo que se venga a vivir cerquita, para que yo pueda salir a caminar y caminar con ella y que también se traiga a la gente que me conoce para que cuando yo esté caminando por la calle con Amparo y los vea, pueda decirles:

—¡Qiubo pegs!, para que ellos me contesten ¡hola Ludoviiiiiico!

Yparamirarlaeimaginarlabesándomeyabrazándome y hablándome cosas bonitas, como por ejemplo que me diga que quiere verme, que quiere abrazarme o que le ayude a hacer oficio, o que una cosa, o que otra, y que la haga sentir contenta.

Caminamos callados a ratos mientras yo pensaba en todo lo que ya dije que pensaba. A solo dos cuadras de la casa estábamos bordeando un campo de golf que dejaba ver en el horizonte verde una torre amarilla. Según él, se trataba de un hotel muy importante donde estuvieron los soldados de las películas que presentan en televisión. Para que nos entendiéramos practiqué varias veces con él la forma de llamarlo y quedamos en que lo llamaría *Hotell Bilmooorgg.*

Comparé el lugar con La Villa, en Medellín. Lo hice cuando vi pasar a trote un anciano como mi papá. En Medellín, los viejos no trotan, solo caminan. Muchos de ellos ni siquiera caminan porque no son tan caminadores como los de aquí. Se sienten inútiles desde cuando se sienten viejos. ¿Será que se cansan más rápido? En cambio, en Miami los veo con cara de contentos, tanto viejos como viejas, manejando carros grandes y vistiendo color verde, rojo y otros tan raros como los colores rosados de las muñecas de Camila. Los viejos en Medellín son como mi papá y mi mamá que siempre visten de oscuro o medio luto. Mi mamá dice que el color blanco y negro en sus vestidos se llama medio luto y que siempre lo lleva puesto porque alguien ha muerto hace muy pocos días. Por el color de la ropa de los viejos de Miami pareciera que nunca se les muere nadie. Los viejos de Medellín se perecen entre sí porque siempre están en casa cuidando la perra o el perro y espantando las palomas para que no se caguen en las barandas cuando las casas tienen baranda. También se la pasan escuchando noticias para saber cuáles personas murieron en el día y pendientes de sí alguno de los muertos era alguien que todos conocíamos. A veces, cuando muere alguna persona de esas que salen en la televisión y que todo el mundo conoce, mi mamá me llama y me cuenta. Casi siempre que me cuenta de algún muerto nuevo no puedo saber de quién se trata. Por eso casi siempre me quedo esperando hasta cuando sale la foto en televisión. Conozco a todos los que salen en televisión y puedo distinguir si son buenos o malos. Casi siempre logro saber si alguno es bueno o malo, pero cuando no sé qué pensar le pregunto a mi mamá. Ella me cuenta y entonces empiezo a pensar de esa persona como buena o como mala. A veces no recuerdo lo que mi mamá me ha dicho de alguien de la televisión y debo preguntarle de nuevo. Mi mamá nunca se equivoca. Cada vez que miro a una persona por primera vez creo saber si es buena o mala. Cuando alguno bueno muere o lo matan, me siento triste; pero cuando matan a uno malo, siento que ahora somos más los buenos. Tal vez debo decir que somos más los buenos, aunque hoy mismo fui muy malo con mi mamá y con mi familia al no poder controlar mi pendejada. Me pasó lo que a muchos en Medellín cuando matan a las personas. Lo hacen porque sienten algo muy fuerte por dentro que los obliga a hacerlo. Cuando tengo mucha ira, a veces me dan ganas de acabar hasta con la imagen que veo cuando me paro frente al espejo del baño del segundo piso, pero pienso que debo ir a la misa del padre Pío y la ira se me va desapareciendo como el olor del perfume de mi mamá. Mi mamá me ha enseñado a pensar en la misa cuando estoy mal. Pienso que si todos los malos de Medellín fueran a la misa del padre Pío no habría conocidos saliendo muertos en la televisión. Tal vez morirían cuando estén viejos como mi papá y mi mamá. Siento que en Medellín hay más malos que buenos. Lo sé. Cuando acompaño a mi mamá al supermercado siempre vamos pensando que todo aquel que se nos acerca es malo. Solo cuando algún conocido nos saluda pensamos que es bueno. Para yo creer que todos los de la calle son buenos tendría que saludarnos y no creo que tengamos tiempo para hacerlo pues debemos regresar a casa antes de que sea muy tarde y los malos empiecen a salir a la calle más seguido. He aprendido que todos en la calle son malos menos las mujeres bonitas como Amparo o las señoras viejas como mi mamá, o las mujeres que son como mis hermanas. Ahora estoy seguro de que solo los hombres son malos si es que no son viejos como mi papá. Cuando salgo de casa durante el día, mi mamá queda tranquila, pero cuando ella siente que yo no he llegado antes del anochecer se mortifica. Pobre, se preocupa por mí dependiendo de la luz del sol. Creo que odia la noche porque piensa que está llena de gente mala. También creo que la odia porque le recuerda el cansancio de sus jarretes.

Mientras yo pensaba caminando, mi cuñado lo hacía también, callado, como si estuviera pensando en las mismas cosas que yo iba pensando. Fue una caminata llena de miradas a cada casa, a cada jardín, a cada ardilla, a cada pájaro. Pensábamos y caminábamos hasta que noté que el sudor apareció en la frente de mi cuñado, pero no en la mía. Alguna vez le pregunté a Eleonora por qué yo no sudo como otros que se mojan la ropa y que parece que se hubieran mojado el pelo. Me contestó que dizque porque soy tan flaco como un chamizo. Recuerdo que me preguntó si había visto sudar un chamizo. Me dio risa. Esa Eleonora es muy chistosa. Ahora comprendo que los flacos casi no sudamos. En uno de esos pasos recordé la rubia del barco, pero mi cabeza cambió a esa mujer por una igual a Amparo. La vi sonriéndome, invitándome a entrar al barco. Me puse contento y sentí como se enderezaba mi pantalón. Es que quise estar solo con ella al igual que en las películas de las madrugadas. Otras cosas pasaron alrededor del barco ese día y dejé de pensar en ella porque recordé lo del mueble viejo de mi mamá.

—*Uggsted conoche mueeeble viejo... mum viejo... igualiito e mamá?*

—¿Mueble? —me contestó Tomás con interés.

—*Qui, igual a mamá ¡emm Meeellin!*

—¡Ah!... ¿El mueble viejo... de tu mamá? —dijo, cuando entendió la pregunta.

—*Qi, igual, repuerda... Artur... mamá... uggsted... Eleonora.*

Entendió mi pregunta. Tal vez Artur no lo hubiera entendido, aunque hablaron de eso el día que fuimos al restaurante donde vi la mujer que hoy vestí de Amparo mientras caminaba. Recordé a mi mamá con sus ojitos mojados que se limpió para que yo no se los viera así. Mi cuñado me explicó que a mi mamá le preocupaban muchas cosas. Dijo que a todos los viejos les preocupan sus muebles viejos y que mi mamá, como es una vieja, anda ahora preocupada por ese mueble. Según ella, lo tiene desde el día en que yo nací.

—*Egte mueeeble mun viejo, a la bassura*—dije mientras volvía a pensar en ella.

Lo mejor sería ponerlo en la basura o regalárselo a alguien menos viejo que mis papás para que lo tenga por más tiempo y así mi mamá no tenga pesar de botarlo en caso de que se muera. Igual, mi mamá no volverá a estar triste. Cuando pensé así, nuevamente llegó la tristeza dentro de mí. Esta vez me llegó acompañada por un poco de miedo, aunque la tristeza era más grande que el miedo. La recordé pestañeando por culpa de la saliva que boté cuando le grité:

—*¡Ugted paputa!*

Lloré en silencio y mi cuñado lo supo porque vio cuando mis lágrimas llegaron hasta mi nariz picándome para hacerme rascar, pero no me dijo nada. Ni siquiera cuando me limpié las manos en mi pantalón varias veces. Es mejor que no me digan nada cuando estoy triste por mí o por mi vieja o por mis viejos.

—*A mí no gusgta mamá prigste.*

No me contestó. Continuó en silencio. Se me acercó y tomó mi hombro con fuerza. Eso ayudó a sentirme mejor. Cada vez que pienso en que mi vieja está muy vieja y que de pronto dejará de estar despierta como pasa con los de las noticias de televisión, me veo caminando solo como lo hago ahora con mi cuñado, pero en lugares tan distintos como la Comuna Trece en Medellín, sin gente que me saluda o con mucha gente que no me saluda y que necesito que me digan ¡hola, Ludoviiiiiico!, para que yo les conteste *"qiubo pegs"*.

Monólogos sobre unas cosas que se parecen a otras

—*¿Hommme ee mejjer?* pregunté muchas veces ese día, acalorado, mientras veíamos cebras, elefantes, tigres…, en el zoológico de Miami.

Cuando mi mamá no sabe decirme si el animal por el que estoy preguntando es hombre o mujer, entonces le pregunta a cualquiera que esté cerca y por último me cuenta. Mi mamá ya no sabe si algunos animales son hombres o mujeres y mucho menos mi papá que se nota más apagado que ella. Creo que no le volveré a preguntar a mi madre. Ese día, aprovechando que estábamos juntos en aquel paseo familiar, me fijé en alguien diferente para preguntarle. Me fijé en Raisa, mi hermana de Londres, que curiosamente caminaba cerca de mí. Raro, ella casi nunca camina cerca de mí cuando está en Medellín o cuando vamos a Londres a visitarla y a caminar por donde está el reloj grande que sale en las fotos o en la televisión. Raisa es la que cuando pasa por Medellín hace esas fiestas llenas de amigos, de aguardiente y de humo de los cigarrillos que arman en un papelito blanco y que llenan con matas secas. Recuerdo que una vez, cuando Artur aún estaba viviendo en mi casa antes de que mi mamá llamara a los soldados para que se lo llevaran a trotar y a andar con un fusil en el hombro, él había sembrado unas matas en el patio de mi casa. Las sembraba y ellas crecían como las matas que crecen en los jardines o en los potreros, es decir crecían un poco alto. Recuerdo, estando yo aún muy chiquito, que las cortaba y las ponía a secar colgadas en una pieza donde había cosas viejas, y que cuando estaban ya secas las organizaba con unas tijeras y guardaba manojos en unos paquetes muy pequeños y que Raisa, que en esa época también vivía en Medellín, le ayudaba a entregar a los amigos del barrio que llegaban y le daban plata a cambio del pasto molido del que les hablo que le gusta a Raisa y a sus amigos, incluido su marido Randy.

Un día de esos, cuando mi papá estaba viendo las noticias, mostraron por televisión unas matas iguales a las de Artur y mi padre se puso muy bravo. Tanto que salió al patio, las arrancó y las arrojó por encima de la barda del patio a un potrero que había detrás de nuestra casa, y que ahora ya no es potrero sino un edificio muy alto donde vive mucha gente que conozco y saludo. Mi madre me contó que, por culpa de esas matas, ella misma llamó a los soldados para que se llevaran a Artur y para que lo volvieran soldado como ellos. A algunos amigos de Artur, que también iban a comprar mata molida, se los llevaron los soldados y los volvieron soldados y solo regresaron tiempo después a saludar a sus mamás, vestidos de soldados, con la cabeza pelada. Cuando Artur dejó de ser soldado regresó a casa ya vestido como se viste la gente que no es soldado y... ¿Sabe qué...? Ya no quería sembrar matas para fumar, sino que solo tomaba aguardiente en las fiestas con los amigos. Esos amigos de Artur ya están viejos como él y son muy buenas personas. Raisa también está más vieja y creo que de todos los que fumaban pasto ella es quien aún lo hace. Recuerdo finalmente que todos se rieron y yo con ellos cuando vimos que en el potrero donde mi papá botó las matas de Artur, salieron muchas matas de estas que le botó a Artur, y que tuvieron que arrancarlas entre todos los papás del barrio Laureles.

Seguro, Raisa debe saber cuando un tigre es hombre o no. Algunas veces cuando mi mamá me dice que algún animal es mujer y después Irina o Eleonora me dicen lo contrario, me siento como Hugo cuando el aparato de jugar videos no se deja ganar y se queda pensando, mirando al televisor por largo rato. Es igual. Hugo lo hace hasta que cae en la cuenta de que el aparato le ganó. Eso no me pasa a mí porque cuando el aparato me va a ganar yo ya lo sé. De todas maneras, cuando me gana casi siempre digo: *"Pa-puuuta"*.

Conocí el zoológico hace muchos años, como quince o veinte. Sin embargo, cuando me traen a Miami me gusta regresar, pues, aunque ya conozco a muchos de los animales, como al tigre blanco, que sí es un hombre, aprovecho para conocer a los hijos de los que ya conocía o a otros que todavía no habían llegado. El zoológico queda como a una hora de la casa de Eleonora en el carro de mi cuñado Tomás. Cuando Eleonora no se había cambiado a la casa vieja que ahora tiene como casa nueva, llegábamos como en cinco minutos. Algunas veces no tengo que preguntar si un animal es hombre o mujer porque con tan solo mirarlo puedo saberlo. Por ejemplo, en los leones el hombre león tiene la cabeza grande y la mujer no, es decir, al contrario que a nosotros, porque en nosotros, los hombres tenemos el pelo corto y las mujeres lo tienen largo. En algún momento me explicó mi cuñado que si un animal tiene bolas que le cuelgan cerca del tutu, como a mí cuando no tengo frío, es porque es hombre. Pensé en los tigres y me vi tratando de darle la vuelta a uno para estar seguro de si tiene bolas o no. He visto cómo los tigres se comen otro animal más grande que ellos. ¿Qué pasaría si al tigre no le gusta que yo lo moleste por mirarle si es hombre o mujer? Dejé de pensar en el tigre y pensé en otros animales más pequeños como las palomas que se cagan en las barandas de mi casa y quedé más confundido, pues mi cuñado me dijo que si tiene bolas es hombre y si no es mujer. No sé qué pensar de las palomas que no tienen bolas ni tutu. Ahora que lo pienso tampoco los peces, las ranas, las lagartijas, los cocodrilos, las culebras. Qué difícil es comprenderlo. Creo que tendré que preguntarle otra vez a Tomás. En fin, lo más importante para mí ahora es saber que soy hombre porque tengo bolas y tengo tutu y que Amparo es mujer pues creo —aunque no le he visto sino en las películas o cuando duermo— que no tiene bolas ni tutu, sino tetas bonitas porque se le notan por encima de la blusa. En Medellín, hay gente que se parece a los tigres o a los leones. Amparo se parece a un pájaro de esos colorados de patas largas. La recordé cuando vi muchos reunidos por montones en la orilla de un pequeño charco.

—¿*Egte, cómo cce llllamma?* —le pregunté a Raisa.

—Flamencos— me contestó—. ¡Liiiindos!— agregó.

—*Qssi iguaaallll a Amparo ¡emm Meeellin!*

—¿Amparo?, ¿quién es Amparo?

—*Mi novviiaa, liiinnnda. ¡Emm Meeellin!*

—¿Es muy linda? ¡Cuéntame, cuéntame! —me dijo pues no sabía lo de mi novia y se interesó por ella.

Le conté que se parece a un flamenco mujer. Delgada, de cara bonita como la virgen de la iglesia de Santa Gema y que, aunque nunca la he visto sin ropa cuando ella es de verdad y no cuando la veo dormido, me la imagino tan hermosa como los flamencos. Me prestó atención y corrió a contarle a Randy, su marido. Randy es un señor flaco, muy alto, con pelo que le llega hasta la espalda. Me parece que su pelo es lacio como el de Amparo... Mentiras. El de Amparo se ve un poco enrollado, pero muy poco. En lo que sí se me parece su pelo al de Amparo es en el color café, que cuando está bañado por la luz de algún bombillo se ve amarillo. El marido de mi hermana es un señor amable que al parecer no logra hablar como mis viejos porque solo habla inglés. Eso pienso, pues es Raisa quien siempre le ayuda a mi mamá a comprender cuanto dice. Qué curioso es todo: Raisa le ayuda a mi mamá a que entienda lo que dice Randy y mi mamá es quien me ayuda a mí a que la gente entienda cuanto digo o a que yo entienda lo que me dice la gente.

Me pidieron que les contara más acerca de Amparo. Les conté cuanto me preguntaron y veo que lo disfrutaron. Es decir, durante ese instante fuimos como esos amigos que caminan y hablan. Hablan y caminan y a veces ríen. De esos parecidos a los que salen en las películas donde todo el tiempo, tanto el muchacho como la muchacha caminan por una acera o por un parque y que cuando caminan a veces se ven enojados porque él tiene otra muchacha, o si no la tiene, que porque otra muchacha lo persigue, o porque ella es la que mira a otro muchacho, o porque tal vez otro muchacho es quien la persigue a ella, pero que él no es tan bonito como el muchacho que le gusta, o que a ella es a quien le da pena de él porque piensa que es muy fea, como creo que piensa Irina que es ella, o es que ella no se sabe peinar o no se quita esas gafas gruesas para que él la vea bonita, o porque no tiene una amiga que la ayude a peinarse o quitarse esos alambres de los dientes que la hacen ver horrible. Pero que unos minutos antes de acabarse la película se ponen contentos, o se vuelven a contentar si es que no estaban contentos, y entonces ahora es ella la que se ve linda, sin los alambres en las muelas, ni el pelo despeinado y que se besan y que se abrazan y entonces ponen una canción en inglés que lo hace poner a uno triste, con los pelos de los brazos levantados, porque entonces uno se imagina que está solo, o que sigue solo como siempre ha estado.

En mi propia película yo sí que soy feo. Lo soy sin necesidad de ponerme alambres en los dientes, ni gafas gruesas. Lo soy por mis ojos disparejos, es decir, por mantener uno abierto y otro luchando por abrirse, porque se me cierra sin yo querer. No hay razón entonces para ponerme gafas y hacerme ver feo, si me veo feo sin ellas. Si me pusiera esas gafas gruesas entonces la gente no podría ver mis ojos moverse como la cola de la perra cuando está bien contenta porque yo llegué o porque llegó Igor o Boris. Lo cierto es que caminamos con Randy y Raisa como esos amigos que caminan y hablan, como esas parejas que les conté que después de estar bravos toda la película, se contentan y se besan y se besan y se abrazan y se abrazan y se vuelven a besar. Ellos me preguntaban por Amparo y yo les contestaba.

Randy compró helados para todos. Mi mamá no quiso, pero sí agua como mi papá. Cuando Raisa llega a nuestra casa de Medellín, que también es su casa, debo dormir en la pieza de mi papá para que ella ocupe la mía. Desde mi cama no se escucha a mi papá roncar. Ella hace fiestas como lo dije antes, las hace con muchos amigos que saca quién sabe de dónde. A muchos los conozco, pero a otros no. Mi mamá, al día siguiente, tiene que lavar los platos sucios, los vasos untados de colorete y hasta las cucharas ahumadas que quedan por ahí tiradas detrás de las matas del jardín. A veces mi madre bota a la basura esas cucharas y prefiere sacar unas nuevas del mueble viejo. Allí hay muchas cucharas que le han regalado por el día de la madre o por su cumpleaños o porque se le ha ocurrido comprarlas dizque para atender a las amigas cuando vayan a tomar él algo los fines de semana. A mi madre no le gusta que sus amigas vean que siempre pone las mismas cucharas en el comedor. Seguro sus amigas hacen lo mismo cuando es mi madre quien las visita a ellas. Pobre mi vieja. También tiene que limpiar el piso de cigarrillos que apestan la casa y la hacen oler como el lugar donde mi papá e Igor juegan billar con o sin Tello. A mi mamá le terminan por doler los jarretes pues, aunque la señora de color café le ayuda, ella hace oficio de más. A veces yo le ayudo, pero Raisa no lo hace porque no se levanta en todo el día. De todas maneras, ella nunca hizo el oficio de la casa cuando era aún muchacha y estudiaba. Casi todo le tocaba hacerlo a Eleonora que es la más juiciosa y a Irina que también ayudaba si no tenía que salir a trabajar.

Me gustan las fiestas de Raisa porque al principio van amigos que hacía tiempo no veíamos. Amigos de cuando ella también era joven y no se pintaba de café los pelos blancos que ahora le salen. Pero sus fiestas dejan de gustarme porque toman mucho aguardiente y se van al otro día cuando las botellas están vacías y la casa queda hecha un basurero. Mi mamá, mi papá y yo nunca podemos dormir cuando ella está en la casa por eso es mejor que siempre esté en Londres, tan lejos como un día o una noche volando en avión.

A mí también me han salido cuatro o cinco pelos blancos en la cabeza. No tantos como los que le han salido a Raisa y que ella se pinta. Pero no me importa. Mis cuatro pelos blancos son lindos y no soy viejo. Si fuera viejo como mi papá, yo mismo me botaría a la basura. Un día me metí en la caneca de la basura para ver si cabía entero. Menos mal soy flaco y cupe. Desde ese día pienso que cuando quiera, yo mismo me botaré a la basura. Lo haré cuando me dé esa pendejada de nuevo porque no quiero verle los ojos tristes a mi madre. Acordándome de todo esto, mientras caminaba con Raisa preferí no contarle más de Amparo y me separé. Fue entonces cuando me le acerqué a Fausto que caminaba junto a mi mamá, detrás de mi papá y delante de Igor, Anatoli y Boris. Eleonora, Irina, los niños y mi cuñado caminaban lejos de nosotros, aunque cerquita de nuestras miradas.

—¿*Repuegrrda mueeeble viejo, mum viejo, igualiito*

e mamá? —le pregunté a Fausto, frente a donde unas tortugas enormes se acercaron a comer lo que en un aparato podía comprarse para alimentarlas.

Distraído, contestó tratando de atender con atención, dejando su brazo extendido para que las tortugas se le acercaran, pero mirándome a mí. Es muy bueno cuando habla porque nunca dice cosas malas. Diría que es el mejor de todos. Lo queremos mucho porque es formal, no habla mal de ninguno y al igual que Eleonora e Irina nos quiere mucho y anda pendiente de nosotros, por lo menos llamándonos por teléfono a saludarnos desde Miami, Bradenton o Key West durante la semana. ¡Ah!... Artur también nos quiere porque hace lo mismo, aunque no tan seguido. Fausto hizo memoria por unos instantes y, con sorpresa, parece que encontró en su cabeza lo del mueble viejo.

—¿Mueeeble viejo? ¡Ah!... Sí... me contó mi mamá —me dijo.

—*Qué pezzarg. Mammmá prigste, prigste* —*le contesté.*

No pude ver si mi comentario le gustó y nuevamente pensé: ¿Por qué será que a mi madre le da tristeza ese mueble viejo...? ¿Será que tiene algo guardado en él? Mi madre siempre guarda las cosas para toda la vida. Como su cama. Nunca ha cambiado de cama. Yo en cambio sí tengo una cama nueva que ella misma me compró dizque para que durmiera mejor. Ella tampoco ha cambiado los cajones donde guarda la ropa, ni los armarios, ni los cuadros del abuelo que siempre cuelgan en las paredes mirándonos pasar de arriba hacia abajo, es decir al subir las escaleras y bajarlas. Sí, eso debe ser. Está tan acostumbrada a ese mueble que lo menos que quiere es botarlo. Uhmmm... todas las cosas que mi madre no quiere botar a la basura son tan viejas como yo. ¿Será que mi madre también piensa en mí y tampoco me quiere botar a la basura, aunque esté viejo? ¿Me estaré volviendo tan viejo como ellos dos? Los cuadros de las paredes de mi casa tienen gente que nunca se ha envejecido. Eso no quiere decir que no tengan polvo a veces. Pero eso no me importa porque con un trapo mojado los limpio y ya. Esa gente se quedó sin envejecer. Qué bueno fuera ser como esas pinturas, especialmente mi mamá y mi papá. Qué bueno que no se vuelvan más viejos y se tengan que morir como se mueren todos.

Otra vez me puse triste. Fausto lo notó. Eso sentí. Parecía que a él también le preocupaba ese bendito mueble. Como lo hizo mi cuñado cuando salimos a caminar después que me dio esa pendejada. Me puso la mano en el hombro y me apretó contra él. Me hizo entender con palabras y gestos que los viejos se ponen tristes cuando no saben qué hacer con las cosas que han tenido por toda su vida. También que ese mueble tiene los mismos años que tengo yo y que a mi mamá le da mucho temor morir y no saber qué hacer con él. Me aclaró, con burla, que mi mamá no se nos morirá pronto sino dentro de veinte, treinta o cuarenta años o que quizás nunca morirá para nosotros. Recordé que lo mismo me dijo Eleonora hacía unos días y hasta llegué a pensar que todos mis hermanos pensaban igual. Eso del mueble viejo ya me pareció triste y terminé diciendo lo mismo que digo siempre.

—*Egte mueeeble mun viejo, a la bassura.*

Nuevamente me hizo entender que para los viejos los recuerdos son tan importantes como respirar y que votar los recuerdos no estaba permitido para ellos. Recordé que unos días después de morir la mamá de los Gerlein, a la vuelta de la cuadra, botaron algunos muebles viejos. Los pusieron en la calle y la lluvia los mojó. Recuerdo también que un viejo pasó vendiendo aguacates y como pudo se los llevó en su carreta. Seguro no tiene tantos recuerdos de él y necesita los recuerdos que dejó doña Berta sin importar que fueran recuerdos mojados por la lluvia.

Almorzamos frente al lugar de las tortugas. Casi todos comieron *jooootdooggs* incluso mi mamá y mi papá. Se quejaron diciendo que el pan con la salchicha de Medellín siempre es mejor. Ese día comí sentado cerca de Eduardito y cuidando el cochecito donde Camila trataba de no soltar un pedazo de pizza. Me encanta la pizza y las papas fritas.

Lejos en la distancia se veían los flamencos. Los contemplé cuando caminábamos y descansábamos.

Amparo se dibujaba en los más elegantes. Imaginé la Comuna llena de flamencos en vez de personas. Lo especial era que todas las casas tenían un color blanco y los techos eran rosados y las ventanas y las puertas de color negro. Era muy divertido ver flamencos montando en bicicleta o en moto o en Hammer o en Cherokee. El mueble viejo volvió a aparecer en mi cabeza, al igual que las palabras de Fausto. Sentí algo muy extraño al recordar que mi mamá lloraba por ese mueble y no lo hacía por mí, por Eleonora o por los nietos. Ahora había en mi cabeza flamencos, muebles, Hammer y otras cosas revueltas. Total, si mi mamá se muere o me muero yo, al igual que al mueble podrían tirarnos a la calle para que el agua de la lluvia nos moje y algún vendedor de aguacates o el que arregla ollas de presión, o el que afila cuchillos, o el que vende pescado seco nos lleve para su casa, porque a lo mejor, no tienen tantos recuerdos.

—¿Cuándo Hammers, cuááánndo? —pregunté a mi cuñado al sentirme cansado de ver tantos animales descansando.

Prometió que pasaríamos ese mismo día aprovechando que estábamos de paseo. Fuimos solos los dos a ver los Hammer y otros carros que valen mucha plata y que en Medellín no hay o hay muy pocos. Los demás acordaron ir a casa a descansar, especialmente mis viejos.

Cada foto que mi cuñado tomó en ese lugar contó

mis sonrisas perdidas bajo la mirada descontrolada de mis ojos. Especialmente ese día por culpa de mi felicidad que andaba chueca. Eso creo. Un día de esos en los que uno se queda callado y en el que alguno le habla para hacerlo hablar o sonreír. Eleonora me enseñó a distinguir la felicidad. Recuerdo que yo tenía unos veinte años y ella todavía vivía en Medellín. Me dijo que la felicidad es eso que me gusta y que no se come, que no se ve, pero que se siente por dentro, y que le hace a uno decir o no decir, pero pensar que... *me entaaaaanta, o... egsgte munn bacanno.*

Recuerdo que primero trató de explicarme la tristeza. Según ella, la tristeza es algo que me hace decir o pensar:

—*Qué pezzarg, yo prigste, prigste.*

Me explicó que estar un poco triste es siempre mejor que estar muy triste, pero que es mejor estar feliz que estar un poco triste. Casi no le pude entender, pero después de muchas veces de escucharla comprendí que la felicidad le ayuda a la tristeza a no ser tan aburrida y que la tristeza le ayuda a la felicidad a no estar siempre tan contenta. Esas fotos mías encima de carros bonitos me contaron la felicidad que sentí tantas veces en un momento que duró lo mismo que una cerveza le dura a mi papá cuando juega billar, desde que la destapan hasta que se chorrea la espuma bajando del vidrio. Aunque las fotos contaron siempre mi cara ausente poco me importó, pues estuve feliz. Terminé pensando que la felicidad no tiene una sola cara sino muchas. A veces tiene cara de risa o de otras formas. En fin, lo que más me gustó fue esa foto donde estaba recostando mis nalgas en la parte delantera del Hammer amarillo y otra donde me sentaron dentro del carro y me dijeron que me hiciera el que manejaba. Me sentí como el que maneja el carro fantástico en televisión los lunes a las ocho. Es que ese Hammer es fuerte y huele a nuevo, igual al olor del carro de Irina que parece nuevo, aunque lo tiene desde hace meses. A mí no me gusta el carro de mi cuñado porque es viejo y no huele a nuevo.

Mis sueños se cumplieron gracias a que me llevaron a ese lugar donde también pensé algo que pienso cuando estoy en Medellín y camino a la Villa o a la Comuna Trece a saludar a Amparo: los carros se me parecen a las personas. Por eso me gusta verlos tanto por delante como por detrás. Eso hago cuando veo pasar un carro lindo o cuando veo pasar a una muchacha bonita. En ambos casos pienso que me gustaría mucho estar montado manejando. Los carros hacen siempre lo que el chofer les dice sin ni siquiera decir nada. A veces cuando el chofer está bravo o muy contento los carros rezongan con su motor y levantan polvo o humo con sus llantas. Cuando los carros tienen hambre deben comer gasolina. A mí me pasa lo mismo cuando tengo hambre a las nueve, las doce o en la tarde a las seis o siete. Cuando voy en el carro de mi cuñado o en algún taxi en Medellín los comparo con personas que conozco o que he visto sin conocerlas tanto.

Hay un carro que se parece mucho a Caty, la perra de mi casa. Es el carro de Irina. El Volkswagen aquel con orejas caídas que parece siempre tener miedo a otros carros. Cuando regaño a Caty por algo que hizo y que no me gustó ella mete su cola entre las piernas y queda como el carro de Irina. Hay un bus viejo en Medellín que me recuerda a Igor. Es de cara ancha, con arrugas en la frente y parece que siempre está bravo y cansado de mover su barriga grande. Eso lo pienso porque siempre va lleno de gente y esa gente le debe pesar más ahora que está viejo. A mi mamá le pesa mucho su cuerpo. Creo que su motor ya no es tan fuerte como el del Hammer. Cuando estoy en la terraza de mi casa viendo pasar a los vendedores de aguacate o a los que venden queso o frutas en carretas o en triciclos lentos, me acuerdo un poco de mi mamá.

Monólogos, perdido en Coral Gables

Desperté cuando el sol estaba justo encima de nosotros. Lo supe porque al atisbar no tenían sombra las plantas del jardín. Mi mamá me lo explicó cuando tenía unos quince y no lo he olvidado como otras tantas cosas que nunca más recuerdo. Desde entonces, sé más o menos a qué horas me levanto. Desperté feliz porque sentí mi mirada sin revoloteos, ni ese titilar que aburre tanto, pero que da risa a los niños de doña Emperatriz, la dueña de la tienda de rejas, donde voy cuando las noches no están frías y tengo ganas de ir. También me sentí feliz porque me había acostumbrado a dormir hasta tarde sin vergüenza con todos. Ellos, aunque estuvieran despiertos desde temprano, hablaban bajo o simplemente no hablaban para no asustar mi sueño.

Tomé jugo de naranja que Irina exprimió para mí y por primera vez probé unas roscas que llamaron… *Beeegggglss*, que tenían queso blando y que según todos son peores para la gordura. Entrada la tarde salí a trotar callado para no llamar la atención de quienes se ponen miedosos. Más bien todos se ponen nerviosos, pero mucho más mi mamá porque piensa que desapareceré para siempre o por largo tiempo. Cuando amanezco así aprovecho para caminar o correr por los barrios de Medellín. Ese día sería el tercero en salir sin compañía en Coral Gables y mi mamá lo sabía. Tomé el mismo rumbo del campo de golf y paso a paso me hice a la distancia. Observé cuanto pisaba y pisé cuanto aparecía debajo de mí, cuidando no doblar mis tobillos por semillas de esas que parecen pepas de mamoncillo. Recordé a Hilda, la mamá de Berna y Vincent, dos sobrinos que tuvo con Igor, el mayor, y que es igual a ese bus viejo de Medellín que se me parece a él. La recordé porque recoge semillas, grandes hojas secas y pedazos de ramas para hacer arreglos de flores que vende en su negocio de El Poblado y que alguna vez hizo para adornar la fiesta de mi viejo, su cumpleaños ochenta, hace unos años. En mi casa se dice que es la mejor haciendo ramos de flores en todo el mundo y que por eso la llevan a muchos lugares y le dan mucha plata. Me gusta Hilda, aunque ya no sea la esposa de mi hermano porque la cambió por una más bonita cuando los niños eran pequeños y que ahora es tan bonita como antes, o más, pero con algunas arrugas en sus ojos y los dientes amarillos de tanto fumar. Hilda tiene un carro nuevo cada año; no como mi cuñado que se mantiene andando en la misma Cherokee vieja. Me gustó recordarla, aunque fuera por un instante. De todas maneras, en mi trote quería pensar más en Amparo que en ella.

Troté hasta que descubrí que no reconocía el lugar

por donde iba. Todas las casas se parecían, pero ninguna estaba frente al campo de golf. *"Papuuta"* fue lo único que pude decir en voz alta por el susto que sentí, igual a cuando llegamos en el avión.

Mi estómago se movió más rápido y el dolor no quiso marcharse por el susto de verme perdido. Necesité hacer caca, pero no supe dónde y apreté las nalgas por un rato esperando no sentir el acoso. Mi estómago seguía repelente y aunque sabía que solo mordiendo un limón lo compondría, comprendí que tampoco tenía un limón cerca. Necesité a mi mamá con afán, o al viejo, o a mi cuñado. Me devolví muchas veces... unas quince o veinte hasta terminar la cuadra para retomar lo que ya conocía. Entre más corrí menos conocido sentí todo. Ya no corrí, sino que caminé con la esperanza de tener cerca el campo de golf, o de ver la cara de mi mamá, o de reconocer la casa vieja de Eleonora. Pensé que de tanto caminar podría estar en otro lugar quien sabe cerca de qué o lejos de qué. Ningún jardín me parecía bonito y temí ver ardillas gigantes con ojos rojos de ira que se tiraban a mi cuello hasta hacerlo sangrar, como hice alguna vez con el tonto aquel que le pegó a la profesora Matilde.

De los rastrojos esperé ver salir miedos. Entonces preferí no mirarlos, pero mi cabeza no me dejó. El miedo es malo, me lo dice mi mamá cada vez que deseo ir solo a la Villa, quiero decir a la Comuna Trece: "¿No te da miedo que te roben el reloj y te metan un cuchillo por quitártelo?". Otras veces me dice: "Qué miedo. Esos mariguaneros tienen pistolas y cuando necesitan plata se la quitan a la gente". Cuando la acompaño al supermercado estamos pendientes de descubrir miedos dentro de la gente. Hay miedos que son de verdad, pues andan vestidos de miedo como los mariguaneros, como los limosneros o... como los niños de los semáforos. Los ladrones que esperan que los viejos se distraigan para robarles la plata en el supermercado son miedos que se parecen a la gente que no dan tanto miedo. Sí..., gente como Artur, Irina, Eleonora, Fausto o mi cuñado. Desde muy pequeño le puse nombre a los miedos porque no sé decirlos con palabras para que los de mi casa me entiendan. Entonces cuando hablo de ellos los llamo...

— *Pigcstola.*

Pistola es un buen nombre para los miedos. Cuando alguno no es policía y tiene pistola es malo. Cada vez que camino junto a mi mamá y veo a alguien de quien no sé cómo es, le pregunto:

— *¿Egte Pigcstola?* Y ella me contesta que sí o que no, dependiendo de si a ella también le da susto o miedo.

Perdido por Coral Gables creo que tuve miedo o mejor creo que me asusté. Es complicado. Siento susto cuando pienso que no volveré a ver a Amparo porque me da miedo perderla. Siento miedo cuando pienso que mi mamá podría faltar porque me da susto quedar solo.

— *Uffff paputa,* volví a decir al comprender el lío en que estaba por haber salido a trotar solo. Grité mientras lloré sin lágrimas, pero con todo el susto dentro de mí, como cuando lloro en Medellín porque a mi vieja se la llevan al hospital por lo del rayo en la cabeza. Caminé durante todo el día hasta que del cielo salió un color más oscuro, como todos los días cuando en cada casa se empiezan a prender los bombillos para que los árboles no se vean tan negros. Puse mi mirada al frente para no mirar a los lados y nuevamente pasé y pasé por donde ya había pasado. Hacía mucho calor, aunque ya había anochecido. Otros, no muchos, pasaron junto a mí caminando o trotando, pero ni me miraron. Así es como son las personas de la calle en Miami, Medellín, Londres o en cualquier lugar donde las he visto pasar. Ven, pero no miran y cuando me miran prefieren alejarse con una sonrisa rara, desconcertadas por no encontrar en mi cara una parecida a la de ellos.

Tuve que hacer la caca porque no aguanté el dolor en mi estómago. Lo hice junto a un árbol que ya estaba negro porque no había bombillos cerca. Nadie se enteró porque en ese lugar parecía que nadie se enteraba de nada. De todas maneras, sentí vergüenza porque era la primera vez que lo hacía, y peor, porque me levantaba sin limpiarme el fundillo. Pasaban muchos carros que me molestaban los ojos, mi ojo derecho, con sus luces. Hubiera querido cerrarlos, pero deseaba como nunca que apareciera la Cherokee de mi cuñado sin importar lo vieja que fuese. Me senté frente a una casa cinco veces más grande que la nuestra. Tenía un camino largo que conducía a la puerta donde dos luces alumbraban a cada lado. Me dio confianza sentarme allí porque no podían verme desde adentro, pensando que soy pistola. Estuve allí por mucho tiempo, no sé cuánto. La noche se hizo más larga. Menos personas pasaron y menos carros también. Desesperado por los mosquitos que picaban sin parar mis brazos y piernas decidí caminar. Lo hice por largo rato hasta que vi una calle iluminada, aunque lejana. Era una calle con algún carro que pasaba y edificios de diferentes tamaños que estaban en fila delante de un puente muy alto y delgado por donde pasaba el tren. Me gustó haber visto ese puente porque me acordé cuando, en una de esas salidas a comprar cosas con Eleonora, ella me contó acerca de ese puente. Cuando le pregunté —*¿egte cómo se lliama?*—, me dijo que era el metro, el tren que lleva la gente al trabajo. Se sorprendió cuando le conté que era igualito en Medellín.

La verdad, el metro de Miami se me parece mucho al de Medellín. Al mencionar Medellín en mi cabeza, no pude dejar de acordarme de mi mamá y de su mueble viejo. Nunca hubiera yo pensado que iba a desaparecer antes que ese mueble viejo. Seguro ella estaría mortificada. Pensará que he muerto de hambre o que me tragó alguna ardilla gigante. Creo que piensa en esas cosas porque estamos aquí, en Miami, pues en Medellín tanta gente se desaparece y aparece por ahí tirada, muerta, porque los "pistolas" le disparan. De algo parecido me habló mi cuñado cuando caminamos por el campo de golf el día mismo que me dio la pendejada. Me dijo que aquí es más tranquilo que allá y que la gente no mata por ver caer al muerto. Que algunos lo hacen, pero que son muy pocos y que por eso ellos querían que yo me viniera a vivir aquí, dizque para que la vieja no ande tan preocupada. Cómo le parece, dizque para que yo no me pierda... y perdido estoy. Los viejos mueren cuando uno se pierde, mueren de tristeza. Lo digo porque lo pude notar con la señora dueña de la tienda que queda bajando al rompoi de la Ochenta. Resulta que se fue acabando después de que Pedro, su hijo mayor, desapareció un día. Un día de esos en que la gente se va de la casa y no regresa. No regresa porque... algo le pasó. Por ejemplo, que lo pisó un carro porque estaba borracho en el rompoi de Don Quijote o porque unos "Pigcstolas" se lo llevaron o porque apreció muerto por ahí, en algún potrero, sin que nadie supiera qué fue lo que le pasó o porque simplemente desapareció y nunca más se volvió a saber de él. Eso le pasó a la mamá de ese muchacho. Se murió de tristeza unos meses después de que encontraron a Pedro botado en un potrero, lleno de moscas, con las manos amarradas atrás y con un hueco en su cabeza. Esos días fueron de mucha tristeza también para mi vieja, que conocía a la mamá de Pedro y a su papá también. Seguro mi madre siente miedo por mí cada vez que me ve salir de la casa. Ella me cuenta historias como la de Pedro o la de otros que también han muerto, como el muchacho de la tienda de abajo, cerca del colegio de mujeres, a quien unos *"Pigcstola"* le pidieron una libra de azúcar y cuando él se volteó a cogerla le dispararon en la espalda y allí quedó muerto. De eso me enteré yo primero que mi mamá. Es más, fui yo quien le contó a mi vieja lo que pasó. Ese día venía yo caminando cuando vi salir una moto echando humo, como enfurecida y después vi la gente entrando al lugar y a una señora que era su mujer y que salió gritando. Lo supe cuando la vi. Ella decía a gritos "lo mataron, lo mataron". Caminé más rápido y cuando estuve frente al lugar vi al muchacho tirado en el suelo, de espaldas, con la libra de azúcar en la mano, aunque la bolsa rota y el azúcar regado por todo el suelo untado de sangre, sangre endulzada.

Ese día mi viejo me dijo que me fuera para la casa porque de pronto los *"Pigcstola"* regresaban a disparar más o a ver quién estaba por ahí para dispararle después. Así lo hice. Cosas como esas han pasado en Medellín. Por ejemplo, para no ir más lejos, un día nos visitó Hilda. Seguro mi madre la invitó a comer frijoles. Nos visitó en su carro nuevo y cuando se estaba bajando del carro, que Vincent manejaba, le pusieron una pistola en la cabeza y le robaron el carro. Recuerdo que ese día estaba yo en la terraza mirando lo de siempre. Al percatarme de lo que estaba pasando tuve mucha rabia y bajé a ayudarle a Vincent a que no le quitaran el carro, pero él mismo me controló para que ellos no me dispararan. Ese Vincent es muy flojo porque no pelea para que no le roben el carro, ese carro nuevo. Pero, en fin, ellos después compraron otro carro, de color rojo y de la misma marca "Nissan". Lo sé porque lo escribo cada vez que me acuerdo o que me encuentro jugando a cuantas marcas de carros he aprendido a escribir.

Para que yo no salga por ahí solo y porque a mi vieja le da mucho temor que lo haga, me dice:

— Cuídese mucho mijo. Acuérdese de lo que le pasó a Pedro. Acuérdese de cómo su mamá se murió de tristeza porque lo mataron. Yo solo le digo: — *Yaa... yaaaaa... yaaaaa....*

A veces se lo digo con rabia y a veces no. Se lo digo porque ya soy grande y los grandes como yo salen solos a la calle, enojados o no, especialmente cuando tenemos novia, como yo que tengo a Amparo. Que la tengo sin importar que ella tenga otros novios que sí la abrazan, la besan y hasta la tocan. Lo digo porque he visto cuando sus novios le tocan las nalgas y le hacen cosquillas y ella se pone arisca, pero me hago el que no lo veo. Me hago porque me da tristeza y me enojo, y entonces salgo y me voy para mi casa caminando muy despacio, mirando los buses pasar, los taxis pasar, las motos pasar, a los ladrones mirando qué robar y a los viejos mirando qué hacer para no dejarse robar. Camino poniendo cuidado a que ningún carro, taxi o moto me mate en el rompoi o en alguna calle llena de gente, de carros y de perros que buscan comida, pendientes también de que nadie los pise o les dé patadas para que se quiten de ahí. Paso las calles corriendo para que ningún carro me pise, corriendo, pero muy triste por ella. Amparo no sabe que ella es mi novia, pero yo sí. A mi madre le preocupa mucho que yo me pierda en Medellín o que aparezca muerto o vivo, pero enfermo, es decir con una pierna rota o con sangre en el estómago o en la espalda. Por eso nunca me he perdido. Lo que sí no le preocupaba a mi madre conmigo en Miami era que yo me perdiera, como ahora, que estoy perdido en Coral Gables, muy lejos de Medellín. Es que en Medellín yo sé cómo regresar a mi casa, no importa que sea de día o de noche. Pero aquí no es igual. Tantas casas con tantos árboles son tan iguales que ahora no puedo diferenciar unas de otras. Todas son igual de miedosas, aunque lindas. En Medellín las calles y las casas no son tan parecidas como aquí, y cuando uno se pierde, le pregunta a alguien...

—¿Dónde queda Laureles?. Y ese alguien le dice a uno:

—Por allá, o por acá, o a la vuelta de la esquina.... Porque allá sí hay gente en las calles, siempre hay. No como en Coral Gables, donde solo hay casas que parecen estar sin gente, carros que parecen manejarse solos y nadie más.

Cuando uno es el perdido y no sabe cómo regresar entonces hay dos muertos: el que se pierde y el que se queda. Como la mamá de Perucho que se quedó, pero también se murió. De tristeza, pero se murió. Como se mueren muchas mamás de la gente de Medellín que se desaparece y nunca más regresa, o que si regresa lo hace en una bolsa negra de esas que se tiran en la basura. Ahora mi mamá sufre por el mueble y por mí al mismo tiempo. Para ella el mueble debe estar muerto al igual que yo. Mi papá en cambio debe pensar que apareceré y no moriré masticado por una ardilla gigante, sino que el hambre se encargará de mí.

Ya estoy en el lugar iluminado. Las calles ya no tienen árboles, ni los miedos cara de ardilla. Más bien parecen sombras cuadradas o bultos que se mueven en la oscuridad. Comparo estos miedos con los de la Comuna Trece y no supe cuáles preferir. En fin, creo que los miedos, miedos son y no hay mejores porque siempre son peores. Los techos de las entradas de los edificios me llaman a descansar. Así hacen muchos en Medellín que duermen a los lados de los edificios, que duermen cansados de caminar, como yo ahora. Me acomodé en muchos de ellos acurrucado esperando ver algo que me tranquilizara. Algunas personas solas o en pequeños grupos se acercaban caminando hacia mí sin saber que yo estaba ahí. No me atreví a hacerme notar. Seguro me hablarían o se asustarían y no les entendería por qué nunca entiendo a aquellos que me hablan por primera vez. Temí también que me hablaran en inglés y eso sería peor para mí porque tendría que adivinar dos veces. Cuando se me acercaban me encogía para hacerme más pequeño. Creo que vi pasar a muchos antes de dormir un rato y despertar con mi pierna acalambrada. No tenía idea de qué hora era, aunque ya no había gente por ahí, solo algún carro que pasaba en la distancia y los ruidos de los carros que llevan la gente al hospital. Dormí nuevamente hasta que alguien movió mi cuerpo.

—*Ugste Pigcstola* —dije asustado y acosado

nuevamente por la luz del día. Frente a mí estaba una vieja no tan vieja como mi mamá, bien arreglada, con un saco delgado del color de los flamencos de hacía unos días. Aunque su cara estaba sonriente temí verla. Entonces me recogí metiendo la cabeza entre mis piernas, pero sin perder su figura con mis ojos, que, por el susto, se movían como una bola de ping-pong. Alrededor, algunas personas me miraban confundidas, igual que Hugo cuando no le funciona el aparato de jugar videos y finalmente se da cuenta de que no estaba enchufado. Qué risa de Hugo. Yo siempre le enchufo el aparato para que no esté tan confundido. Creo que la cara de la anciana que me movió era de pesar. Igual que la cara de otros que estaban a su alrededor. Me hablaban, pero yo no les entendía. Ni siquiera oía lo que decían. Solo los veía. Comentaban entre ellos, viendo mi cara de susto, de miedo o tal vez de vergüenza. Me senté y agaché la cabeza para no mirarlos y quedé escuchando murmullos, muchos murmullos. Alguien dentro del gentío se me acercó ofreciéndome un café en un vaso de McDonald's. Lo supe porque, al igual que la vieja, me tocó el brazo, y al yo reaccionar vi lo que me ofrecía. Era un hombre joven como Fausto, pero más alto y peludo. No supe si igual de buena persona. Pensé que sí porque me ofreció café sin pedirme plata, igual que Eleonora que, aunque nunca me ofrece café, dizque porque me pongo loco, me da leche, agua o jugo de naranja. Mi cuñado a veces me da de la cerveza que está tomando. Reconocí del café su olor como el que prepara mi mamá en las mañanas o en las tardes cuando las amigas la visitan para hablar de cosas que las hacen reír o que las hacen llorar. Cuando hablan de cosas que las hacen reír les ayudo con mi risa, aunque entre ellas se miren para no reír más. Pero cuando las oigo llorar o limpiar sus ojos a veces me salen lágrimas, pero no me dejo ver de ellas. Seguro estarán tristes por cosas que pasan en Medellín, como la muerte de algún amigo o de un hijo. Las amigas de mi mamá son viejas como ella y casi siempre hablan de alguien que murió o que mataron en la finca, en el centro o en otro lugar. Muchas veces lloran más de lo que ríen. Cuando los más viejos mueran los menos viejos harán reuniones para tomar café y reír por los que no han muerto o llorar por los que sí. Recibí el café con afán y sin mirarlo a los ojos le dije…

—*Gatia*.

Se apartó sin comprender que le di gracias por su café. Lo tomé a sorbos mientras me miraban y trataban de hablarme. Ante la insistencia dije lo mismo que a la mujer policía del aeropuerto cuando preguntó mi nombre:

—*Yo no conoche ingllléss*.

Ella no entendió y entre todos se miraron haciendo señas de estar confundidos. Me dio risa por dentro porque sé que eso pasa a todo aquel que no me conoce y me escucha hablar. La diferencia era que no tenía a mi mamá cerca para que les explicara lo que quería decir, entonces volví a quedarme callado. La vieja tomó mis manos convidándome, pero la rechacé encogiendo mis brazos y guardando mis manos en los sobacos. Luego de algún rato insistió. Me sentí acorralado, tal vez con vergüenza, con susto o con miedo. No supe diferenciarlo. Entonces decidí partir con el café en la mano hasta asegurarme que nadie me seguía. Caminé unas dos cuadras y me senté en un borde de la calle frente a un lugar que llamó mi atención pues entraba y salía gente de toda clase. Vi papás, mamás y niños; mujeres bonitas y feas; jóvenes como Amparo y viejos como mi papá. Al ver que entraban y salían supuse que también podía hacerlo yo, e ingresé. Era una librería donde se veía un segundo piso al que se llegaba por una escalera redonda con hierros torcidos pintados de verde. Me gustó, era muy bonita. Me gustan las escaleras que suben porque invitan a conocer otras cosas. Al parecer en ese lugar la gente se atiende a sí misma pues no había personas que preguntaran si uno necesita ayuda o algo parecido. Eso me gustó porque no quería que nadie me hablara. En Medellín, en cambio, siempre sale alguien que dice:

—¡Aaaa la oooorden! ¿Necccesiiita ayuuuuda?

Observé cuanto libro había frente a mí, especialmente aquellos que tienen dibujos y fotografías. Me gustó uno de carros nuevos y me lo aprendí de memoria. Allí estaba el Hammer amarillo, donde quedé fotografiado, días antes. Fue muy divertido. También encontré una revista de aparatos de jugar videos que me hizo recordar a Hugo. ¿Qué será de Hugo?, pensé, seguro debe estar montando en la bicicleta que le mandó su mamá de New York.

También pensé que podía estar golpeando la puerta de mi casa para entrar a jugar conmigo, pero que en vista de que no estoy, se regresaría a su casa, donde vive sin su mamá. Se me ocurrió pensar que hubiera sido mejor que Hugo hubiera venido con nosotros a casa de Eleonora así los dos estaríamos perdidos. Me dio risa pensarlo. Ya nos habrían encontrado o tal vez estaríamos comentando sobre los carros del libro o los juegos de video que han salido nuevos. De pensar, me estaba poniendo otra vez triste. Entonces cambié de revista. Ojeé una con muchachas bonitas en vestido de baño. Me gustó hacerlo. Creo que me puse feliz poniendo la cara de Amparo encima de la de algunas que eran muy bonitas. La vi rubia con ojos azules, negra con pelo crespo y también con los ojos como una línea y la piel amarilla. La vi vestida como para fiesta y también en piyama; la vi sin vestido o con vestidos chiquitos de baño iguales a la mona que sale en Guardianes de la Bahía. No pude resistir verla sin ropas, con tetas grandes o chiquitas, aunque la verdad, cuando la veía con las tetas al aire me daba vergüenza y muy rápido le ponía ropa o la veía tapándose con sus manos. Creo que pensé en Amparo más tiempo del que pensé en los Hammer y en juegos de video.

¿Qué será de Amparó?, se estará montando en el Hammer de su novio del día o debe estar escondiéndose para que no le caiga una bala de esas que pasan en alguna balacera de la Comuna Trece. Me habría gustado estar perdido en la comuna porque me conocen todos y ya me habrían llevado a casa.

Encontré con mis ojos un reloj redondo en la pared de la librería que decía las once. Supuse que sería las once de la mañana pues de ser de noche no habría luz. Me propuse regresar a casa para almorzar. Qué idiota me sentí al acordarme de que estaba perdido desde ayer. Me entró la desesperación y nuevamente mi estómago crujió alborotado. Tenía hambre, mucha. Comprendí que los libros no quitan las ganas de comer y salí del lugar pensando en mi mamá. Sabía que estaría muy triste de no tenerme cerca. Recordé a la vieja que en la mañana tomó mis manos convidándome y caminé buscando su edificio con la esperanza de que me dieran nuevamente café. Llegué pronto y aunque no había gente me acomodé en el mismo lugar. Desde allí vi un McDonald's y caminé hacia él. Estuve por largo rato observando desde la ventana cuanto ocurría con quienes comían hamburguesas a montones. Tuve miedo de entrar pues no sabía cómo hacerme a una de ellas. Miré al suelo queriendo encontrar plata, pero no había nada en el suelo. Solo había muchos chicles pegados en el pavimento, ya estaban negros de mugre. Imaginé a mi papá comprando plata en el banco para darme y también me imaginé comprando una hamburguesa con la plata que mi padre me había dado. Una familia había notado mi presencia frente a la ventana, creo que se asustaron de ver mi cara y mis miradas esquivas, descontroladas. Les sonreí como lo hice con el policía del aeropuerto, acordándome del pedido de mi mamá. Ellos simularon no verme, especialmente los papás, y continuaron comiendo, pero los niños se dedicaron a hacerme muecas y a sacarme su lengua. Algunas veces los papás los regañaban, pero ellos seguían molestando. Estoy acostumbrado a que los niños hagan burlas con mi cara y seguí mirando por la ventana. El hambre era ya muy grande y estaba a punto de estallar. Mi cabeza me dolía tanto como cuando amanezco con esa pendejada que me obliga gritarle a mi mamá...

—*Ugted paputa. A mí no mags. ¡Paputa! ¡Paputa! ¡Paputa! ¡Yooo muun bravo!*

Observé cómo la gente ponía las papas fritas, casi sin tocar, en el cajón de la basura. Lo hacían sin ningún remordimiento y yo ahí mirándolos. Mirándolos como la perra nos mira cuando estamos almorzando en el comedor. Los más flacos eran quienes más botaban comida a la basura porque los más gordos se la comían toda. Decidí entrar y sacar de la basura lo que encontrara y pudiera agarrar. Lo hice porque ya no aguanté más y la pendejada ya estaba por ahí esperándome. También puse un vaso con algo de Coca-Cola entre mis codos. No tuve asco, ni pena, porque cuando las cosas ya están en la basura no tienen dueño y entonces pueden ser mías, o de un perro, o de alguien vestido de miedo como yo ese día. Nunca había tenido tanta hambre como para comer lo que otros habían dejado en la basura. Mi madre no me habría dejado ni yo lo habría intentado.

Creo que nadie me vio hacerlo porque la gente cuando come nunca se fija si alguien saca de la basura lo que otros botan. Al menos eso me pasa a mí. Me senté a poca distancia del lugar y comí cuanto pude. Sentí ahora ganas de lavar mi boca como siempre lo hago después de cada comida y regresé a la librería que me pareció familiar. Entré al baño de hombres y allí traté de limpiar mis dientes con papel higiénico untado con jabón. Fue muy malo porque casi vomito, pero dejó de serlo cuando me puse el chorro de agua en la boca y por fin las burbujas dejaron de salir. También eché agua en mi cara con un poco de jabón y en mi pelo para que no se viera tan despelucado. Salí nuevamente decidido a regresar al lugar de donde llegué. A ese lugar lleno de árboles y casas grandes donde las ardillas pasan sobre las cuerdas de la luz. Recordaba lugares ya recorridos muchas veces. Mi cabeza se puso feliz cuando en mis recuerdos apareció la parte más alta del hotel que mi cuñado me enseñó. Fui muy feliz de solo pensar en lo bueno que fuera ver en la distancia, aunque solo fuera la punta de este. Recordé el nombre que aprendí y lo pronuncié en voz alta:

—*Hoteeeell Bilmooorgg.*

Solo una vez he estado tan feliz como en este momento. Fue el día en que mi mamá regresó a casa después de salir del hospital. Ahora, ¿cómo encontrar el Hotel Biltmore si estaba rodeado únicamente de casas muy bonitas y árboles tan grandes como el mundo entero? Esta vez, yo mismo no me contesté, pero pensé y pensé. Pensé mientras caminaba a través de las cuadras que se parecían tanto a las que rodean el campo de golf.

Nuevamente me sentí cansado, con sed. Temí tener que regresar a aquel techo debajo de ese edificio para dormir porque ya estaba lejos. Lloré nuevamente sin lágrimas y las ganas de encontrar mi rumbo se fueron acabando como cuando se acaban los programas de televisión antes de que empiecen otros. Llegué hasta un pequeño lugar cubierto de pasto donde estaban tres grandes árboles, iguales a los que están siempre frente a las casas de Coral Gables, y me tiré a mirar el cielo mientras pensaba en cosas que no me dejaban pensar en cómo regresar.

Mi cabeza se puso otra vez feliz cuando mis ojos vieron la parte más alta del árbol. Se me ocurrió que desde allí podría ver nuevamente el hotel que mi cuñado me enseñó. Pensé en las películas donde los señores del barco se suben a lo más alto a ver si encuentran un lugar que no sea agua. Fui muy feliz de solo pensar que podría ver en la distancia la punta más alta de ese hotel. Subí al árbol con susto o con miedo, talvez miedo porque pensé que podría caer como una semilla o como un coco. Pero las ganas de ver el hotel eran muy grandes, así que lo de caerme intentándolo poco me importó. Empecé a subir y subir agarrando las ramas más grandes. Hacía muchos días no sudaba una gota en la frente. Eso fue porque el calor de Miami me estaba haciendo sudar. Subiendo me distraje al ver un nido de pajaritos. ¡Qué bonitos son! Me habría gustado ser un pájaro para ver el Biltmore desde lejos y acabar así con esta pendejada de estar buscándolo. Había muchos pájaros en ese árbol que se espantaban al verme. Seguro a ellos también les resultaba rara mi cara. También vi ardillas, muchas ardillas, que salían corriendo o se escondían detrás de las ramas cuando yo las asustaba y que no se escondían del todo pues asomaban su cara mientras movían sus colas. Desde los árboles de Coral Gables se ven las cosas mejor. En un momento me sentí en la mitad de ese árbol y las ramas que dejé debajo de mí ya no me dejaban ver el suelo y las que tenía encima tampoco me dejaban ver el cielo y las que tenía de frente tampoco me dejaban ver al frente. Supuse que las que tenía detrás tampoco me dejarían ver atrás. Me sentí otra vez perdido, pero ahora dentro de un árbol. Me dio un poco de risa por sentirme tan triste. Ahora estaba perdido dentro del árbol sin saber qué hacer. Descansé un rato viendo animales bonitos, sobre todo ardillas que jugueteaban. Al cabo de los minutos mi cabeza se puso otra vez feliz cuando en mis recuerdos apareció la parte más alta del árbol, desde donde podría ver nuevamente el hotel. Fui muy feliz otra vez de solo pensar en lo maravilloso que sería ver en la distancia, aunque fuera su punta. Entonces subí y subí más ramas, sin mirar atrás, ni abajo, ni al frente. Poco a poco vi entre las ramas el azul del cielo, aunque todavía me faltaba subir más. Intenté buscar ramas fuertes, pero a esa altura las ramas no eran tan fuertes. Nuevamente descansé, mirando al cielo entre las ramas. Vi una rama fuerte que desaparecía frente a mí y con cuidado la seguí, arrastrándome por ella. En un momento vi el puente por donde pasa el metro de Miami y reconocí el lugar donde dormí. Lo reconocí porque se me pareció a esa esquina ancha por donde pasé, camino a la librería donde lavé mi boca con jabón. Reconocí los edificios formados en fila frente al metro. Me sentí bien de haberlos reconocido pues al menos podría regresar a ellos. De todas maneras, miré hacia todos los lados, los que las ramas me permitían hacerlo.

Al cabo de los minutos me quedé mirando los techos de las casas alrededor, al igual que sus patios y piscinas. Me gustan las piscinas. La casa vieja de Eleonora no tiene una, pero le pediré a mi cuñado que la haga. Qué pesar de Eleonora sin piscina en su casa. Me gustó mucho ver las casas desde arriba, como en el avión cuando está por caer y los techos se van poniendo grandes. Quería ver el hotel, pero nada que lo encontraba. Me puse triste otra vez. Supuse que estaría al otro lado y decidí regresar por la misma rama hacia atrás. El viento hacía mover las ramas asustándome. Miré hacia abajo y sentí mis piernas trabadas por el miedo a caer. Creo que bajar causa más miedo que subir. Me acordé de que, estando en Puerto Aventuras, mi cuñado y yo subimos la pirámide más alta. Me refiero a esa pirámide que hicieron los indios que están en todas las fotos que hablan de México. No recuerdo su nombre porque es muy difícil para mí aprenderlo, nunca supe cómo se dice. Tampoco aprendí a escribirlo como sí lo hice con otros lugares como Miami, Key West, Bradenton o New York, donde Anatoli. Esa pirámide era la más alta de todas, muy alta y vieja. Era donde mataban a los indios que no se portaban bien. Esa pirámide era tan alta que la gente abajo se veía como puntos pintados en un papel, o mejor, como las pulgas de la perra cuando se mueven dentro de sus pelos y que cuando uno las ve, ellas ya lo han visto a uno primero y entonces corren a esconderse para que uno no las pellizque y les explote la barriga llena de sangre.

Acordándome de lo que me pasó en esa pirámide, quise bajar y no pude. Me acordé de cuando ese día mi cuñado tuvo que pedirle a la gente que me ayudara a bajar, cargado como un niño chiquito, porque yo estaba cagado del susto. Porque a mí el miedo no me dejaba mover. Ese día tuve la pendejada todo el día y solo se me quitó cuando por fin quise recibirle la pastilla a mi mamá. A veces, cuando me da la pendejada, lo menos que quiero es que mi mamá me dé la pastilla. Por lo general se la recibo cuando el hambre ya no me deja tranquilo. Ese día fue como el día de hoy, que perdido encima de un árbol gigante estaba muy asustado, sin moverme y apretando las ramas, hasta con los dientes. Pero ahora todo era peor para mí porque no tenía cerca a mi cuñado ni a la gente que me cargó aquella vez, y la pirámide no se movía con el viento como se movía el árbol.

El viento se puso necio nuevamente, poniéndome más asustado. Otra vez lloré sin lágrimas, mirando a todas partes, esperando algo que me ayudara. Me acordé de la misa del padre Pío y del Niño Jesús. Mi mamá me dice que el Niño Jesús me ayuda cuando yo le necesito.

Entones dije con fuerza:

—*Niñññññooo Jjjesssúsúss, ¿dónde egstas?*

Pero el Niño Jesús no estaba en ninguna parte. Lo llamé otra vez y otra vez.

Nada pasó. Seguí muy asustado y triste. No sé si más, o menos que antes. Me quedé allí suspendido por horas. Me gustó estar allí, mirando como todo sucedía desde las alturas. Me quedé mirando a unas muchachas que jugaban en la piscina de una casa muy grande. Las veía chiquitas, pero las veía. Me distraje viéndolas jugar, echándose agua y por momentos quedándose quietas, asoleando sus cuerpos. Me pareció que una de ellas se quitó el sostén y se asoleó las tetas. Me pareció, porque no pude estar seguro de ello. Estaban muy lejos. De todas maneras, pensé que era cierto. Lo vi en mi cabeza, sin importarme que no lo fuera. Me quedé mirándola fijamente, embobado, como cuando lo veo en televisión. Aunque las tetas no se le notaban por lo lejos que estaban, el tutu se me enderezó. Miré alrededor y vi que nadie me miraba entonces lo dejé enderezarse hasta que me hizo temblar. Tuve un poco de pena con las ardillas, pero ellas no me dijeron nada. Nadie más lo supo, nadie. Igual que cuando en Medellín me pasa en las noches viendo películas. Después quedé muy tranquilo, horqueteado entre dos ramas, mirando y olvidándome de todo cuanto me acontecía.

Pasó el tiempo, algunas horas quizás, cuando pensé en regresar. Tenía hambre nuevamente. Bajé con cuidado, rama por rama, durante mucho tiempo, quizá una hora o más. El calor era horrible pese a que las ramas del árbol me protegían del sol. Cuando salté al piso por fin, miré hacia arriba y me felicité. Lo hice porque estuve muy alto. Nunca había llegado tan alto. Nunca. Pero el hambre me acosaba de nuevo, me acosaba.

Regresé por donde había llegado y de nuevo vi el puente por donde pasa el metro de Miami. Caminé apresurado y volví a acomodarme frente al McDonald's y a mirar lo que la gente comía o mejor... lo que la gente dejaba. Entonces, en uno de esos momentos entré y volví a agarrar cosas de la basura. Esa vez lo hice pensando en los locos que lo hacen en las películas, locos que no tienen casa y no tienen qué comer. Salí con mis manos repletas y, como en las películas, me senté a comer en una acera. Comí hasta que quedé a reventar. Estuve muy feliz de hacerlo. Pensé que si mis viejos no me encontraban podría vivir así comiendo en McDonald's, durmiendo en la entrada de algún edificio donde una vieja al otro día me despertara y un muchacho parecido a Fausto me diera café. También se me antojó que hasta podría dormir en el árbol aquel, acompañado por las ardillas y por pajaritos que, aunque se acostaran a las cinco, me acompañarían para que yo no estuviera triste. Eso de quererme quedar durmiendo en el árbol también se me ocurrió porque desde allí vi a esas muchachas que me gustaron. De pronto desde arriba podría volver a verlas.

Decidido me devolví a buscar la casa de Eleonora. Lo hice por varias horas hasta que me encontré nuevamente junto al árbol. El árbol gigante. Subí para descansar en alguna horqueta. Era la segunda vez que lo hacía ese mismo día. Me sentí como esos leopardos que se suben a los árboles a descansar y hasta se quedan allí durmiendo para que los leones no los molesten, ni las hienas. Lo hice porque aquel árbol me gustó. Dormí por largo rato, no sabría decir cuánto. Al despertarme me dieron ganas de nunca más bajar. Subí hasta el lugar donde creí llegar la primera vez. En un momento el viento apartó unas ramas y allí, muy, pero muy lejos, vi la parte más alta del hotel. Mi cabeza se puso otra vez feliz. Esta vez mucho más de lo que se puso cuando mi mamá llegó del hospital sonriente y con su mirada alegre. Estuve tan feliz que solté la rama y salí a correr. Qué tonto fui porque rodé y rodé hasta que algo del árbol me detuvo. Mi felicidad sin embargo fue más grande que mis raspones. Volví a subir las ramas y comprobé que el Biltmore estaba allí, aunque lejos, y pensé que cerca de él estaba la casa de Eleonora, que me esperaba. Supe que debería caminar y caminar para llegar por lo menos a la cancha de golf, pero poco me importó. Ahora solo sería cosa de bajar del árbol despacio porque el resbalón me dejó los brazos, las piernas, la espalda y la barriga con raspones tan grandes como mi cuerpo entero. Creo que duré una hora tratando de llegar a tierra, pero lo hice.

Caminé creyendo ir hacia el hotel y al cabo de los minutos sentí estar en el borde del campo de golf y divisé el Hotel Biltmore, que me saludaba sonriente. Esta vez lloré con lágrimas, pero sin tristeza. Caminé un poco más hasta que llegué a casa de Eleonora, donde nadie estaba. Qué raro era, si en casa ya estábamos los dieciséis. Decidí no moverme y me senté en los escalones del frente. No pasaron muchos minutos cuando vi la Cherokee conducida por mi cuñado y a mi mamá en el puesto del pasajero. Saltaron todos menos mi mamá y mi papá que esperaron de últimos, como cuando llegamos en el avión hasta que les tocó el turno de abrazarme. Yo estaba muy contento, aunque temí que por contento pudiera tener esa pendejada que me hace sentir como un diablo y atacar a mi mamá con palabras como las que dice Boris o que digo yo cuando estoy así. Sin embargo, la pendejada no estaba dentro. Al parecer el Niño Jesús le había ganado y estaba dentro de mí. Abracé a mi mamá y a mi papá con tantas ganas que no recuerdo haberlo hecho así alguna vez en mi vida. Todos me hablaban, pero no les contestaba porque no sabía qué decirles. Después de unos minutos llegaron cuatro carros de policía, de los que se bajaron además algunos de mis familiares. También llegaron dos carros grandes de los que llevan enfermos al hospital y otros carros con tubos largos parecidos a los que sacan las noticias por televisión.

Como si se hubieran puesto de acuerdo dejaron a mi mamá frente a mí. Estaba muy seria y confundida. Lo supe porque se secaba la barbilla con un papel de la cocina. Me preguntó temblorosa lo que me pregunta cada noche cuando llego de la Villa, quiero decir de la comuna, y ella ya está confundida por mi tardanza: "¿Qué te habías hecho, mijo?".

—*Se perggggdióóó. ¡Trotannnndo, seee perggggdióóó!*

Me abrazó profundamente, haciéndome sentir su cuerpo grueso y su respiración acosada. Mi papá callado y muy serio nos abrazó a los dos. Esa es su manera de quererme: sin risa y en silencio. Un policía que hablaba con Eleonora se acercó a mi mamá y algo le dijo. Noté que mi mamá dijo sí con la cabeza. Luego el policía se acercó y le sonreí. También lo hicieron algunos señores vestidos de médicos, igual que en la televisión cuando antes de acabarse las películas aparecen los heridos con ellos al lado o empujando las camas con ruedas de los hospitales. Eran dos con camisa y pantalón verde y con un aparato colgado del cuello que le ponen a uno en el corazón y le dicen: "Respire pa dentro, respire pa fuera". Dijeron algo a Eleonora que ella debió decirme. Luego trajeron una camilla con ruedas, como en las películas que acabo de recordar. Eleonora me pidió acostarme allí, pero me resistí porque deseaba entrar a la casa. Me rogó hacerlo hasta que lo hice. Miraron todo mi cuerpo y hasta me pusieron una linterna en mis ojos y tocaron mis huesos. Las raspaduras me dolieron.

—*¡Dueeelle muccquio, mucccquiio!* —dije a Eleonora.

Ella les explicó mi dolor entonces me dieron a tomar una pastilla con jugo de manzana o de uva. Así lo supuse por su color. Sin embargo, miré a los ojos de Eleonora quien comprendió y sin preguntarle me dijo: "Es jugo de manzana. El que te gusta".

Mucha gente que había llegado frente a mi casa observaba detrás de una cinta amarilla que la policía puso para que nadie pudiera pasar. Cerca también estaba una gran cantidad de personas con micrófonos y cámaras de televisión. Recordé la película del monstruo en bicicleta por los aires, ese que tenía un dedo largo que se ponía rojo sin haberse machucado. Al cabo de los minutos me llevaron en uno de esos carros a un hospital, acompañado por todos los de mi familia. Estuve allí por dos días hasta que llegué de nuevo a casa. Al ingresar imaginé a Amparo esperándome sentada en el sofá donde duermo, leyendo un periódico con la fotografía mía en la portada. Creo que fue porque me perdí y ya aparecí. Mi mamá aún no sabe qué sucedió porque, aunque he querido contarles no he sido capaz y aunque lo hemos intentado aún no han podido saberlo. Nunca sabrán lo que me sucedió. Comprendo que será así. Algún día preguntaré a Eleonora qué dice de mí ese periódico. Preferí seguir imaginando a Amparo. Entonces la vi en mi cabeza preguntándome burlona:

—¿Te perdiste en Miami? Le contesté que sí, con las cejas arriba. Sonrió y me revolcó el pelo. Me gusta cuando lo hace.

Monólogos sobre cosas que hablaron

Hablaron de las mismas cosas que hablaban cada tarde. De los dieciséis, estuvimos callados Camila, el pequeño Eduardito, mi papá y yo, por un lado, Anatoli e Igor tampoco hablaron, solo escucharon. A veces Camila llamaba la atención cuando se le caía un juguete mordido y lleno de babas. Eduardito y yo a veces pedíamos algo, pero no distraíamos a nadie. Creían, como siempre creen, que yo no estaría atento. Casi nunca lo estoy porque me parece aburrido escuchar cosas que a veces no entiendo. Era un día en el que entendía desde que me levanté. Cuando amanezco así se me facilita entender, ver y hasta decir. Aproveché para buscar unas hojas blancas y un lapicero, para muy cerca de ellos hacer lo que hago siempre cuando estoy solo y escucho. Dibujé ojos con pestañas largas, números del uno al cero después del nueve y escribí el nombre de cada uno de los de mi casa incluido el de Amparo. Luego estuve escribiendo las marcas de carros que más me gustan. Quise hacerlo sin equivocarme, mirando los catálogos que habíamos escogido durante nuestra estadía. Por esos días el

Hammer no era ya el carro que más me gustaba sino uno que se escribe así: l-a-m-b-o-r-g-h-i-n-i.

Me gustó ese carro porque se me parece a una avispa, aunque tiene un toro bravo en su nombre. El Hammer ya no me gusta tanto porque se me parece a un cucarrón. Mi cuñado prometió tomarme fotos cuando aprendiera a pronunciarlo bien. Por ahora yo lo llamo:

—*Ambiiiirgin*.

Decían cosas que tenían que ver con el mueble viejo y que retuve para preguntar cuando me acordara antes de dormir, pues mi cuñado nunca estaba cuando ellos se juntaban a hablar. En una de esas, Raisa comentó:

—En Londres no es muy caro tenerlo porque Randy es de allá.

En casa de Raisa hay cosas del abuelo pintor. Cosas que salen en el libro verde que todo el mundo ojea cuando llegan a la casa de mamá. Mi abuelo pintaba mucho, eso creo ahora que tengo cuarenta y cuatro y veo que la gente lo recuerda más seguido de lo que lo recuerdo yo. Solo me acuerdo de él cuando otros se acuerdan mirando sus cuadros y yo estoy ahí. Mi papá tiene muchos cuadros del abuelo, como cincuenta o treinta. Los tiene colgados por todas las paredes. Anatoli en cambio tiene muchos que ha tomado sin permiso de mi papá cuando viaja a Medellín con las dos Irmas —su hija y su mujer de New York—. Lo mismo hace Raisa cuando llega de Londres con o sin Randy, su último marido. Irina tiene un cuadro de mi abuelo que mi papá le llevó de regalo a Bradenton, un día de esos, cuando fuimos invitados por ella a visitarla. Es un cuadro de una mujer flaca como ella. Con el pelo tan largo como el de ella. Siempre que he visto ese cuadro me acuerdo de ella. ¿Será por eso por lo que mi papá se lo regaló? A lo mejor, mi abuelo lo pintó viéndola a ella pasar. Eleonora en cambio, no tiene cuadros de mi abuelo. Es decir, solo tiene unos cuadros pequeños. Tan grandes como la mitad de mi mano y que según ella no son tan bonitos. Creo que cuando mis viejos mueran todos se pelearán por los cuadros de mi abuelo. Yo no. Conocí a mi abuelo desde siempre, como conocí a mi mamá y a mi papá. Lo vi pintar tomando aguardiente y escuchando música de iglesia. Qué aburrida era su música… A mí me gusta el reguetón. El abuelo nunca quiso ser mi amigo porque me espantaba cuando pintaba para que yo no le dañara sus pinturas. Llamaba a mi mamá cuando me llevaba de visita a su casa. Lo hacía gritando:

—Anastasiaaa… Ludovico subió al estudio. ¡Llévatelo por favor!

Y mi mamá mandaba a Fausto o a Boris para que me espantaran de ahí. Cuando me venían a buscar yo les daba patadas en las canillas para que no me bajaran, pero ellos terminaban pegándome un coscorrón que dolía más que las patadas que yo les daba. Supe que mi abuelo no era mi amigo, porque cuando me veía llegar no me saludaba como lo hacen mis amigos cuando me dicen:

—¡Hola, Ludoviiiiiico!", y yo les contesto:

—¡Qiubo pegs!

Todavía conocen a mi abuelo después de muerto. Lo sé porque veo en mi casa varios libros con sus pinturas. No estoy seguro si después de que yo me muera hablarán de mí como el nieto del abuelo pintor o como Ludovico, el de la mirada que se mueve rápido, o como el bobo de doña Anastasia, la señora de don Oslo, el de Laureles. Solo sé que cuando los viejos mueran, si mueren antes que yo, los recordaré como mis compañeros de todos los días que solo me hablaban algunas cosas como "ábrale la puerta a su papá que ya llegó; ábrale la puerta a Hugo que está tocando; dígale a su papá que la comida ya está servida".

Este año Raisa hizo en papel algo parecido a un almanaque para ver los días y los meses, pero adornado con las pinturas del abuelo, y estuvo repartiéndoselo a sus amigos. También le trajo en este viaje uno de esos a Eleonora, a Irina, a Anatoli, a Igor y a Fausto. No recuerdo si le trajo uno a Boris. Me gustaría ser amigo del abuelo hoy. Lástima que cuando los viejos mueren no pintan más.

Lo dicho por Raisa me intrigó y busqué la forma de preguntarle algo acercándome.

—*Ugsted Londres, ¿cuáááándo?*

—Me iré en una semana. ¿Te gustaría vivir en Londres? —me preguntó.

Le escuché todo cuanto dijo, pero me quedé pensando en saber lo que realmente me había querido decir. Hice el intento de entenderle arrugando mis ojos y no pude. Mientras yo arrugaba mis ojos pensando, los otros estaban pendientes de mi respuesta. Los vi mirándome con muchas ganas de que yo contestara un sí o un no, pero yo apenas estaba tratando de descifrar sus palabras. Esta vez fue Irina quien me ayudó a entender su pregunta. Cuando caí en la cuenta de lo que me estaba preguntando pensé en Londres. Pensé en que Londres no me gusta ni tan siquiera un poco. Es gris y frío como mis días callados y llenos de ansiedades, como los días de Hugo que tanto se parecen a los míos. Además, es donde, por todas partes, aparece la foto de la vieja con sombreros que vive en una casa muy grande con un reloj también grande; que no solo sale en las fotos todos los días, sino que también sale en la televisión. Algunas veces, cuando estoy en Medellín y veo la televisión, también se me aparece esa vieja de Londres con sus sombreros. Qué pereza esa vieja, y yo que ya tengo dos en mi casa, o tres si me cuento yo. Lo pensé y tuve ganas de decírselo a Raisa, pero supuse que, aunque tratara de hacerlo, ella no lo iba a poder entender. Preferí no hacerlo y le contesté abrazando mis propios hombros de igual manera como se los abrazan los que tienen frío:

—¡Qué perecza Loondres! Egste mucccio fríoo, yo fríoo, mucccio fríoo".

Raisa sonrió con mi respuesta, pero no se le vio alegre. Hizo un solo aplauso con sus manos y levantó las cejas como cuando uno quiere decir que no fue él que hizo algo malo y dijo mirando a mi mamá:

—Ustedes pueden viajar con él a Londres y lo acompañan mientras se acostumbra a estar solo…

Mi vieja nuevamente se puso triste. Eran ya muchas las veces que la había visto así durante la visita a Miami. Con todo y tristeza de mi vieja, se quedaron callados, muy preocupados, mirándome. Quedé nuevamente confundido y con muchas ganas de acercármele y hacerla reír.

—*¿Loooondres yoooo…?*

—Nada mijo— contestó—. Estamos hablando del mueble viejo.

—*¿Puálll?* —pregunté.

—El mueble viejo mijo… ¿No se acuerda?

—*¡Ah!, Ccii, ccci, ccii ya me apuerdo. Egte muebllle mun viejo, a la bassura.*

Ella se rio, pero como de mentiras. Los otros también hicieron lo mismo y luego volvieron a mirarse los unos a los otros y prefirieron esconder sus caras, es decir, sus miradas. Quedé igual que cuando me explican algo que al final no entiendo. Regresé a la mesa y seguí pintando las letras de los carros. Escuché otras cosas más y supuse que tenían que ver también con el mueble aquel. Las cosas de las que hablan los de mi casa resultan ser para mí muy extrañas. Como lo del mueble del que vienen hablando por muchos días. Una vez, cuando Eleonora se vino para los Estados Unidos, de lo único que se hablaba en mi casa era del novio que se quedó sin ella en Medellín. Pasó mucho tiempo para que ya no se hablara más de él sino de mi cuñado. Por eso digo que cuando los de mi casa empiezan a hablar de algo lo hacen por varios días, lo hacen hasta que se cansan. Ahora que lo mencioné estoy recordando los días en que David, el que era novio de Eleonora, salía a pasear con mi hermana porque por fin mi mamá ya les había dado permiso de salir. Recuerdo que yo debía ir siempre a acompañarlos. Ellos me compraban algodón de dulce y me dejaban en el teatro viendo alguna película y comiéndome el algodón hasta que se prendían las luces del cine. A veces las luces del cine se prendían y ellos no estaban por ahí. Yo me afanaba y ellos se aparecían. David es ahora un señor con hijos y trabaja vendiendo cosas para carros. Yo me acostumbré a pasar por su almacén a saludarlo, pero dejé de hacerlo cuando me enteré de que a Eleonora ya no le gustaba él tanto, sino que le gustaba más mi cuñado en los Estados Unidos. Me empecé a sentir mal por David cuando me preguntaba por Eleonora y yo ya no sabía qué decirle. En ese momento mi cuñado ya me gustaba más a mí también que él. Creo que David extrañó a mi hermana Eleonora tanto como yo ahora extraño a Amparo. Es posible que David aún extrañe a Eleonora. Eso solo lo sabrá él. Volviendo a la conversación que yo trataba de adivinar ese día, escuché esta vez algo que me llamó la atención y que seguro tenía que ver con ese bendito mueble viejo. De pronto Fausto dijo:

—El problema es que vivo solo… se aburrirá y yo no sabré qué hacer…".

Lo dijo mirando a Raisa e hizo el gesto de no saber qué hacer tampoco levantando las manos y las cejas, como lo había hecho ella anteriormente. Luego volvió a decir: "Lo único que puedo hacer es darles plata para ayudar...".

Por lo que noté, a mi mamá no le gustó lo que escuchó de Fausto porque apretó sus labios. Los apretó tanto que su cara completa se apretó. Luego la vi otra vez triste y un poco brava. O mejor, no tan brava. Preocupada, y seria talvez. Mi papá en cambio ni dijo sí, ni dijo no a lo que habló Fausto. Es decir, no dijo nada. Mi mamá fue la única que se atrevió a hablar como para desapretar su cara.

—¡Plata no!... Lo que él necesita es cariño, como el que yo les he dado a ustedes desde chiquitos.

Quién sabe qué fue lo que les quiso decir mi vieja. Me habría gustado saberlo. Sentí unas ganas muy grandes de dejar de ser un idiota y meterme en esa conversación, pero eso para mí ha sido un imposible. Ha sido un imposible porque yo soy alguien que solo puede mirar lo que otros conversan, pero no más. Soy alguien al que nadie le cuentan nada... Nada serio. He sido alguien al que le contestan cosas tontas cuando me intereso por saberlas. Al que le contestan sin ni siquiera pensar que esas contestadas son las que me entristecen y me hacen sentir tan idiota cada vez. Cosas que yo pregunto lleno de intrigas, de curiosidad; cosas que se me responden con cualquier chiste que no entiendo casi nunca, pero del cual me río y que sirven para que yo no les pregunte más.

Todos en mi casa y todos en la calle siempre han creído que lo poco que me contestan y que lo poco que me hablan es suficiente para mí. Ellos no saben que necesito sus respuestas largas, dedicadas. Respuestas que, por largas, más bien me aburran de escucharlas y que de pronto tenga que decirles:

—¡Ah! *Qué perezgza tantooo tititititittititititiiiiiiiii.*

De todas maneras, noté los ojos de mi vieja brillar diferente a como le han brillado siempre que ha estado triste. Por ejemplo... como le brillaron cuando murió mamá Tasha, mi abuela, la mamá de mi mamá, o como cuando murió el abuelo pintor. Ese brillo de los ojos de mi madre ese día era diferente. Es que todo era muy raro. La verdad, era la primera vez que yo había empezado a pensar que un mueble viejo fuera tan importante para todos y por lo visto todos esos días lo era más para mi mamá. Ni porque ese mueble estuviera vivo. Yo no creo que un mueble sea tan importante como para que todos lo de mi casa no hagan sino hablar de él y que mi madre sufra por su culpa. A no ser que ese mueble viejo se mueva sin que uno lo empuje. Como me muevo yo. Y que le dé hambre cada dos horas como me da a mí; y que tenga una novia como Amparo y que lo ponga feliz verla todos los días. No puedo imaginarme a ese mueble estar enamorado de una mesa o de un taburete del comedor, por ejemplo, y gustarles a sus amigos los cuadros colgados de la pared, el espejo, o el reloj de números grandes que lo saluda cada vez que lo ve. Pensando en eso me acordé de la película donde los juguetes salen a jugar cuando ven que el niño de verdad no los está viendo. Qué chistosos son. Ellos juegan cuando el niño no los ve. Si jugaran cuando el niño sí los ve, estoy seguro de que la pasarían mejor. Ahora que lo pienso, seguro en mi casa todos los muebles son como los juguetes de los niños, que cuando uno no los está mirando ellos se ponen la casa de ruana. ¿Será por eso por lo que a veces, cuando duermo, siento algunos ruidos por ahí? Debe ser porque algún mueble necio se tropezó y se calló. Qué risa. Los muebles también se tropiezan y se caen como los viejos que van al supermercado y se caen de vez en cuando y cuando se caen la gente también se ríe como lo deben hacer los muebles. De ahora en adelante pensaré que los muebles están vivos, pero que no se mueven cuando uno está cerca. Seguramente comen, tosen y lloran. Y se pierden trotando por Coral Gables. Pobres. Cuando aparezcan, nadie sabrá por qué se perdieron. Eso pasó conmigo.

Pensándolo bien, si los muebles no estuvieran vivos no harían que mi vieja ni mis hermanos se pusieran tan tristes, ni yo que me pongo triste por ver que mi vieja no está contenta. Seguro que entre ellos aprovechan el desorden y hacen cosas buenas o malas, sin que uno se dé cuenta. No tiene nada de raro que también se hagan los pendejos como se hace uno cuando necesita hacerse el pendejo. Como yo que cuando tengo hambre entro a la cocina y sin que mi mamá se entere le clavo un tenedor a un pedazo de carne que no era para mí sino para el viejo Oslo o para Boris, y me lo como casi sin masticarlo. Si lo masticara, seguro mi vieja se daría cuenta y me regañaría. Cuando mi pobre vieja se da cuenta de que la carne ha desaparecido pregunta muy brava, gritando desde la cocina:

—¿Quién se comió la carne de Oslo?.

Entonces yo me hago el pendejo, el que no escuché o el que no es conmigo. Y cuando ella me vuelve a preguntar, ya mirándome a los ojos, yo le contesto:

¿Carggne? No me apuerda naaada de naddda.

Hacerse el pendejo es fácil. Al menos para mí. Por ejemplo, cuando salgo para la calle, me hago el pendejo y le grito a mi vieja desde el portón:

—Vooyy a la Villlaaaa a troootarr....

La verdad es que ahí me estoy haciendo el pendejo porque no me voy a la Villa, sino a la Comuna Trece a verla a ella, a Amparo, mi novia. Cuando la visito estiro mi boca con ganas de darle un besito en su mejilla, pero ella se hace la pendeja y se aparta como si no se hubiera dado cuenta de que yo estaba estirando mi trompa. En fin, ahora que lo pienso, ella nunca ha dejado que yo le bese el cachete cuando llego o cuando me voy porque es muy disimulada, es decir, se hace la pendeja para no tener que decirme nada, como que no le gusta que yo le bese el cachete para saludarla o para despedirme. Qué raro. Algunas veces, cuando alguien llega y yo estoy cerca de ella, veo como le besan el cachete o la boca y ella no se hace la pendeja como sí lo hace conmigo.

Los muebles se hacen los pendejos para que nadie les eche la culpa de las cosas que pasan, o de lo que hace la gente que pasa frente a ellos, o de lo que hace la perra cuando pasa, o cuando pasan las tórtolas que también a veces se hacen las pendejas y se van entrando a la casa a comerse las migajas del suelo y que la perra aún no ha visto o que sí ha visto, pero prefiere hacerse la pendeja porque no tiene hambre.

Por eso creo que los muebles son los que más notan las cosas que pasan. Las notan callados, sin ni siquiera pestañear, sin quejarse ni decir nada. De una cosa sí estoy seguro y es que nunca dicen mentiras porque como no hablan y se hacen los pendejos, nunca dicen las cosas como son, ni como no son. Aparte de hacerse los pendejos son muy avispados. Un día, cuando yo tenía esa pendejada alborotada, estando en la sala de mi casa me dio por patear al caobo. Él no dijo nada. Se aguantó con todo y dolor porque duro sí le pegué. Póngase a pensar que, si a mí me dolió el pie, imagínese lo que le dolió a él. Pero se aguantó y ni siquiera se sobó. Lo de avispado lo digo porque en ese mismo momento, todavía con mi pendejada, me dio por cerrar un cajón que medio se abrió por el patadón que le di y el muy idiota me resultó machucando el dedo gordo de mi mano derecha. Qué risa me da al pensar ahora que ese día me dolía el dedo gordo de mi mano derecha y también el dedo gordo de mi pie derecho, que se me puso gordo y morado por culpa de la patada tan grande que le di. Menos mal que ya no me duelen los dos. Ese mueble me machucó, pero al mismo tiempo se hizo el pendejo, como si él no hubiera sido o como si ni siquiera se hubiera dado cuenta.

Cuando regrese a Medellín, si es que ese avión no se desbarata peleando con el viento, esperaré a que todos duerman e intentaré pillar a los muebles haciendo cosas. Me esconderé, o mejor, me haré el dormido para que ellos empiecen con la guachafita y para que, cuando menos piensen, pueda pegarles un susto que los haga brincar. Es muy posible que ahora que estamos todos en Miami hablando de muebles viejos, los muebles de mi casa estén por ahí fumándose un cigarrillo con una pata apoyada en la pared o con una pata cruzada, y sentados en otro mueble, como en una silla, por ejemplo. No tiene nada de raro que ellos estén hoy de fiesta, lo que, de seguro, se lo aprendieron a Raisa. Así es. Hoy deben estar haciendo lo mismo que hace Raisa cuando se aparece por allá. Una de las cosas que haré cuando llegue a mi casa será mirar si las paredes tienen manchas de patas de mueble. Y si las manchas son caoba será porque el mueble caobo, donde mi madre guarda los vidrios que le manda Fausto, manchó la pared por descuido.

Ahora, si la mancha en la pared es colorada, con seguridad la que se recostó fue la mesita roja, que cansada de estar quieta en las cuatro patas, decidió hacerlo para descansar. Al menos, cuando yo estoy muy cansado de estar parado, apoyo mi cuerpo contra la pared y subo una pata como para no cansarme tanto. Esa mesita es donde mi mamá se sienta a conversar por teléfono y donde guarda las libretas con los teléfonos de todos. Yo diría que no es una mesa sino más bien un asiento que se me parece a una mesa porque es bajita y solo sirve para que mi madre ponga su fundillo y se quede ahí hablando por horas. Pobre mesa roja, lo que ha tenido que aguantarse durante todos estos años.

Que no llegue yo a saber que alguno de los muebles estuvo por ahí ensuciando las paredes porque sería capaz de regañarlos, aunque ellos se hagan los que no me escuchan. Hablando de la mesita roja, ahora caigo en la cuenta de que ella es la única que sabe la verdad de las cosas que mi vieja habla por teléfono. Seguro ella sabe muy bien las cosas de Hugo. Me refiero a cosas que a lo mejor ni él mismo Hugo sabe, pero mi vieja sí. O cosas mías. Como, por ejemplo, cosas que hago todos los días, pero a las que yo no les doy importancia y ella sí, y que la hacen sentir contenta o triste, como cuando amanezco sin la pendejada y más hablantinoso que otros días y le lavo los platos sucios, o como cuando me da por acariciar la perra y contarle cosas que vi en la calle. ¿Cuántas cosas sabrán de mí los muebles de mi casa? Ahora que lo pienso, es muy posible que el mueble viejo, del que creo que hablan los que andan por aquí, sepa muchas cosas de mí. Como por ejemplo que, dentro de él, en un lugar que nadie conoce, debajo de todos los cajones, guardo las revistas de viejas en pelota que me han regalado en la comuna y que debo traer a mi casa dentro del pantalón. Ojalá, que ese mueble nunca le cuente a mi vieja porque me daría mucha vergüenza. ¿Será que los muebles se mueven en las noches cuando sienten que todos roncan? ¿Será que aprovechan también cuando no estoy por ahí y se ponen a ver mis revistas? Hablando de roncar, en mi casa todos roncan menos yo, porque yo nunca me he escuchado roncar. Hace muchos años que mi viejo no duerme en la misma pieza que mi vieja, creo que porque mi viejo roncaba primero y la despertaba a ella antes de que ella empezara a roncar y lo despertara a él. Cuando en las noches los escucho roncar sé muy bien cuando ronca él y cuando ronca ella. Ya estoy cansado de pensar en muebles que se mueven cuando uno no está. Por eso quiero volver a hablar de lo que hablaban ellos en la sala de la casa de Eleonora, mientras los muebles, haciéndose los pendejos, escuchaban.

—Si me dan la plata yo hasta me encargo de él, dijo Boris, que hasta ese momento no había abierto la boca.

Casi siempre, cuando Boris habla, nadie le pone atención. Esta vez todos lo escucharon porque se miraron entre ellos abriendo los ojos como si lo que hubieran escuchado fuera muy, pero muy malo, o muy, pero muy bueno. Eso sí no lo sé. Porque Raisa contestó:

—Ja…, si se bebe lo que no tiene… ¡Yo mejor me

callo!

Por lo visto, a Boris ese comentario de Raisa nada le gustó. Se puso bravo. Muy bravo. Se paró con la cara colorada, queriéndosela comer viva. Sacó un pañuelo con el que se limpió la nariz haciendo mucho ruido mientras renegaba quien sabe qué. Los otros se rieron tapándose la boca como para no hacerlo muy duro. Yo también reí de verlos a todos, solo que no me tapé la boca. Él salió de la sala hacia las piezas renegando en voz alta:

—¡Estas son las cosas que a mí me dan putería!.

Ahí se acabó la charla de ellos esa tarde. Se fueron para el interior de la casa también y no los vi juntarse a hablar más. Al parecer no quisieron hacerlo porque eso de hablar de un mueble viejo no es nada divertido. Entonces, decidí mirar por la ventana buscando encontrar cosas para entretenerme. Me había acostumbrado a hacerlo en los pocos días que llevaba en casa de Eleonora. Me gusta quedarme mirando por la ventana porque se me parece a cuando me quedo por largo rato mirando desde la terraza de la casa en Medellín. Veo pasar a las muchachas del colegio del Sagrado Corazón. Las veo pasar porque son bonitas y graciosas y porque no son viejas como mi papá o la mayoría de los vecinos que son tan viejos como él. Hay una muchacha que me gusta mucho y que pasa desde que era tan chiquita como Eduardito. Ahora es grande, como Amparo, solo que más oscura, y tiene el pelo negro como el de Eleonora, pero más enroscado. Me gusta verla pasar, no importa que tan siquiera ella no sepa que yo siempre la veo pasar. Nunca he querido bajar a verla de cerca porque creo que no le gustaría ver mis ojos. Un día mi papá estaba buscando el calor del sol que llega a la terraza a secar las toallas o la ropa que mi mamá lava y que me manda a colgar, pues ella nunca sube a la terraza por el dolor de los jarretes, las rodillas y otras cosas que ahora no me acuerdo.

—*Esa muuuchachaa mun bonnittta* —dije mirando a mi papá y la señalé con el dedo.

—Muy bonita, mijo… muy bonita —me contestó él.

Y se quedó callado. Luego me miró y se sonrió echando su cabeza hacia atrás. Eso me gustó. Llegué a pensar que me hablaría algo más sobre esa muchacha o sobre otras niñas bonitas. Siempre he esperado que mi papá me hable de niñas bonitas.

Me dediqué a verla pasar como siempre hago cada vez que la veo pasar. Me gusta cuando llega porque veo su cara siempre sin tristeza. Será porque la veo desde arriba. Cuando pasa bajo nuestra casa veo su cabeza con una línea en el centro y su pelo cayendo hacia los dos lados. Otras veces la línea de su cabello la lleva a un lado, y en otras ocasiones, la línea no se le ve porque ese día prefirió hacerse trenzas y pegárselas con hebillas o adornos, casi siempre de color blanco, como su falda. Ella siempre pasa con su uniforme azul. La parte que más me gusta al verla pasar desde arriba es que su trasero se mueve mientras sus piernas caminan. Ese día me entusiasmé tanto que quise decirle a mi papá que esa muchacha me gusta. Que me gusta cuando la veo pasar. Pero ya mi papá no estaba allí y yo no me había dado cuenta. Entonces me encontré una vez más solo con mi felicidad. Sí, con mi felicidad. Eso que me gusta y que no se come, que no se ve, pero que se siente por dentro, y que le hace a uno decir o pensar

—*Me entaaaaanta, egsgte munn bacanno.*

Me gusta también cuando la veo perdiéndose en la distancia. Cuando está muy cerca no pienso en Amparo, pero cuando desaparece es Amparo la que vuelve a convertirse en mi felicidad. Ahora estoy triste por no tenerlas cerca. Ni a Amparo ni a la muchacha aquella de quien no sé ni siquiera cómo se llama.

Cuando apunto mis ojos hacia lo lejos, como cuando veo a esa muchacha alejarse todos los días, noto que mis ojos no se mueven tanto como cuando miro a los ojos de alguien que me habla. Por eso me gusta mirar hacia lo lejos. Ese día, en casa de Eleonora, me quedé mirando hacia lo lejos. Esperé sin afán a que apareciera algo en la distancia. Quizás una ardilla huyendo de algo que la asusta o acercándose a algo que le gusta, o algún pájaro de algún color nuevo o de alguna forma rara en sus plumas… Y que saltara de alguna rama hasta el piso o desde el piso hacia alguna rama. Miré en silencio, aunque no dejé de escuchar hablar, reír o carcajearse a mis hermanos de vez en cuando, como lo venían haciendo desde que fueron llegando a Miami. Duré mirando mientras le chupé hasta el palo a una paleta de guanábana que encontré en la nevera.

Por el ardor que sentí en partes de mi cuerpo,

especialmente en mis costillas, recordé cuando por salir corriendo desde las alturas del árbol, rodé entre las ramas raspándome hasta el fundillo. Ya los ardores de esas raspaduras están yéndose, pero algunas me incomodan todavía. Habían pasado ya diecinueve días desde que llegamos y al parecer el viaje estaba próximo a terminar. Las salidas a pasear por Miami ya no eran tan frecuentes. Ahora las habladurías entre todos eran más repetidas y largas. Mirándolos hablar todos esos días noté también que en la medida en que más hablaban, más volteaban a mirarme. Me intrigó porque esta vez me miraban diferente, como pensando en mí mientras me miraban. No puedo explicarlo. Qué risa me dio cuando pensé que ahora que tengo cuarenta y cuatro años soy más idiota que cuando antes y que por eso me miran tanto. Debí figurarme que quizás por eso me miraban. No entiendo por qué he llegado a ser tan idiota. Me gustaría serlo menos para no preocupar a mi vieja. Seguro ella cree que por idiota me perderé cuando al regresar a Medellín esté caminando por la Comuna o por La Villa. Eso debe pensar ahora que por salir solo me perdí en Coral Gables, convencido de que soy grande y que ya no me pierdo. ¡Qué despistado fui!

Caí en la cuenta de que mi mamá ha sido quien menos me ha mirado, pero eso poco me afanó porque sé que es ella la que más atenta ha estado de mí durante toda mi vida. Ella no me mira muy seguido porque sabe que siempre estoy ahí. Ahí donde ella piensa siempre que yo estoy. Ahí donde ella se imagina. Lo mismo me pasa a mí con ellos. No tengo que mirarlos para estar tranquilo de que a ellos no les pase nada porque sé que ellos siempre están ahí. Siempre estarán cerca de mí, aunque se hayan muerto de viejos o de cansados de no mirarme. Si mi mamá no me mira tan seguido, mi papá sí que menos lo hace. Él ni siquiera me habla. Bueno, ni siquiera no, casi nunca, porque cuando él siente que Hugo está conmigo porque llegó a visitarme y a jugar videos, se acerca a la puerta de mi habitación.

—¿Cuándo ese muchacho se va para su casa? —me pregunta.

—*Maggs tarde… a la noooochhie* —*le contesto.*

—¡Qué sinvergüenza! Debería estar en su casa y no venir tanto a joder aquí —se va diciendo.

Hugo escucha y mira a ver qué digo yo, pero como yo no le digo nada y solo levanto mis hombros, él continúa jugando videos. Ya no nos molesta cuando mi papá se pone bravo por Hugo.

La paleta me gustó tanto que regresé por otra. Ya no tenía vergüenza de hacerlo en casa de Eleonora porque ella siempre me repetía que la nevera era mía para cuando quisiera paleta, leche, torta o lo que fuera. Esta vez escogí una paleta de mango y regresé a la ventana donde deseaba seguir mirando. Noté un silencio raro porque todos callaron al mismo tiempo, y me dieron algunas miradas cuando pasé frente a ellos. De todas maneras, les sonreí, diciendo:

—*Egsta pallleta muy baacannaa.*

Y seguí caminado. Al llegar a la ventana quise recordar lo que estaba haciendo antes de ir por la paleta y no me acordé. Supuse que por algo estaba allí. Finalmente vi a las ardillas y caí en la cuenta de que las estaba siguiendo igual que a los pájaros. Esta vez pensé en mí. Qué raro, nunca pienso en mí si no es porque tengo hambre o frío, o sueño después de ver la televisión hasta las tres de la madrugada. Pensé en mí y en la señora que me ayudó cuando me perdí y en los niños que me hicieron muecas en McDonald's. Me gustaría encontrarlos algún día, saludarlos y contarles que ya aparecí y que ahora ya no tengo esa forma de miedo que tuve. Quizá podría vivir así cuando los viejos ya no estén. Tuve que tragar saliva y sentir cómo mis ojos se encharcaban y cómo se me salían los mocos mojados por culpa de pensar en la tristeza de sentir que los viejos pueden morir primero que yo y que se sienten tristes de dejar sus muebles viejos.

Ya las ardillas no me entretenían tanto, ni los carros que pasaban cada hora, ni los viejos vestidos de color brillante que aparecían y desaparecían trotando, ni los árboles gigantes de cada casa en la cuadra, ni nada. Estuve solo pensando en mí, perdido en Coral Gables, en Londres, en Medellín, en Chicago, en New York o en Bogotá, donde un día me llevaron antes de venir a Miami.

En vista de que mi permiso para entrar a los Estados Unidos ya no servía, me llevaron a Bogotá dizque para que me lo dieran. Recuerdo que tirité todo el tiempo y que ninguna cobija sirvió para hacerme sentir calor. Ese día nos quedamos a dormir en un hotel tan frío como la misma ciudad. Lo mejor fue que éramos atendidos por Hernán, un amigo de Boris que sirve café, jugo de naranja y comidas en los aviones colorados que viajan desde Colombia a Miami o a otros sitios lejos de Medellín. Es muy bueno Hernán. Me gusta porque es callado y amable. Más que Boris, más que Igor, y algo así como mi cuñado o como Fausto, Eleonora o Irina.

Hablando de Hernán, una vez que viajamos a Londres él estaba trabajando en el avión que nos llevó. Fue muy especial con nosotros. Nos ofreció dos veces comida y dos veces almuerzo. Me trajo jugo de limón todas las veces que quise jugo de limón. Me lo trajo para que no me diera tanto dolor en el estómago por culpa de la montada en el avión. Ese Hernán es muy bueno. Cuando llega a Medellín desde Miami, nos trae los regalos de Eleonora o de Irina. Cosas pequeñas como algunos zapatos blandos para mi papá o para mi mamá o algún regalo de cumpleaños pendiente de entrega desde algunos meses atrás. Hernán también me saludó como todos lo hacen solo que con una sonrisa alegre. Quisiera que algunos de mis hermanos fueran como él. Me saludó apretando mi mano y mirándome a los ojos.

—Hola, Ludovicooooooo… ¿Cómo estás?

—*Qiubo pegs.*

—¿Cómo estás? —me repitió.

—*¡Ah! Biemm.*

Ese viaje a Londres fue muy bueno. Pudimos dormir toda la noche. Lo malo fue que por culpa de la dormida a mi mamá se le alborotó el pelo haciéndole dar pena con la otra gente, que, aunque había dormido como nosotros, no tenía el pelo alborotado, ni la boca untada de babas secas. Ella nunca se levanta y sale al supermercado sin bañarse el cuerpo, lavarse la boca, peinarse y echarse el perfume que me hace estornudar. Mi papá tampoco sale desarreglado y menos yo. Por ejemplo, hoy tengo un pantalón de mangas cortas, a la rodilla. Es de color policía de Medellín, no de Miami, pues los policías de Miami tienen vestidos de varios colores, no como los de Medellín, que los tienen del color de los árboles. También tengo una camiseta blanca que huele al jabón del osito en la caja. Tengo medias blancas que no se ven porque son muy pequeñas y unos tenis del mismo color policía. A veces, cuando visito a Amparo, me pongo cosas nuevas. Casi siempre me gustan las camisetas que dicen al frente cosas o que tienen dibujos pintados como el ratón Mickey o Pluto. Cuando visito a Amparo me pongo un reloj viejo para que no me lo roben y nunca me pongo la cadena con el Niño Jesús. Mi mamá me dice que solo la debo usar cuando salimos juntos a comer mondongo al Poblado. Vamos cada vez que alguno de los tres cumple años. Lo hacemos para celebrar, aunque estemos solos y recibamos llamadas todo el día.

Qué pereza que todos nos llamen a felicitarnos por estar más viejos. El último año, cuando cumplí años, no quise pasar al teléfono pese a que mi mamá me rogó.

Estuve furioso con la pendejada aquella, aunque no tanto como la que tuve estos días. No quería que nadie me recordara. Solo Hugo o Amparo. Recuerdo que fui donde Amparo vestido con una camiseta azul y una pantaloneta de cuadros. Ella estaba dentro y aunque toqué a su puerta no salió. O mejor, salió su hermana pequeña que me hace muecas cuando voy.

—¡Está ocupada, haciendo el almuerzo! —me dijo sin que yo le preguntara.

—*Díiigalllle que yooo puncleañnnños.*

No vi que me entendiera. Creo que ni siquiera quiso entenderme. Llevó sus dedos a la boca y la estiró para los lados sacándose la lengua. Quedó convertida en un diablo y así se entró, tirando la puerta. Siempre hace lo mismo. Nunca sé si le cuenta a Amparo que yo llegué o si no le cuenta y ella se entera solo cuando sale a la puerta y me ve. Como siempre, me quedé sentado frente a la casa en el andén, recostado a un poste de la luz. Mientras tanto recordé cuando yo era tan pequeño como ese diablo y salía a la puerta cuando llegaban los amigos de Irina o Raisa y también llevaba mis dedos a la boca y la estiraba para los lados sacando la lengua. Ahora veo que quedaba horrible haciéndoles muecas a esos pobres que quedaban afuera cuando yo les tiraba la puerta. Algunas veces, cuando yo estaba de buen hermano, les contaba que alguien estaba esperando afuera. Pero cuando yo no estaba de buen hermano no les avisaba y los pobres debían esperar hasta cuando alguien diferente llegara a la casa o saliera.

Esperé ese día a que esa niña estuviera de buena hermana y quedé atento. Sin embargo, Amparo no salió. Pude notar varias veces como esa culicagada sacaba la cabeza por una ventana y me hacía muecas. Casi todos los niños me hacen muecas, menos mis sobrinos. Ese día Amparo salió tarde y me saludó al verme desde su puerta. Salió al oír a un señor ofreciendo aguacates. Me saludó con la mano desde allí y se quedó hablando con el señor de los aguacates. Me miró y se despidió con la misma mano que me saludó. Luego volteó su cuerpo y cerró la puerta. No tuve forma de decirle que estaba de cumpleaños y ella nunca se enteró. De todas maneras, me gustó verla salir con su pelo recogido, al igual que se lo recogen las señoras cuando hacen el oficio de la casa. Decidí no pensar más en ella porque no quería estar triste. Volví a poner atención a algunas cosas que entretenían a mi familia, como el bendito mueble aquel. "En esta casa podría tener otra pieza para él", esta vez lo escuché de Eleonora.

Me pareció bien que ese mueble quedara en una pieza en su casa, donde no se dañaría. Eleonora es muy juiciosa. Su cama de soltera, que aún la espera en nuestra casa de Medellín es la misma. Aún está tan bonita como cuando ella no se había casado y era la novia de David. Seguro mi mamá quedará más contenta porque a Eleonora le duran mucho los muebles viejos. Me gustó ver cómo lo del mueble se solucionaría, dejando más contenta a mi mamá. Solo me preocupó, que al tener mi mamá "solucionado" lo del mueble, ya no le va a importar morirse y yo me quedaré solo con mi papá que no sabe hacer frijoles, ni asar arepas, ni lavar la ropa, ni comprar mercado. Si mi vieja muere porque ya no le importa su mueble lleno de recuerdos, entonces tendré que pedirle a Amparo que me haga el almuerzo y el desayuno. Creo que tal vez tendré que aprender a hacerlo solo para mí y para mi papá. Le preguntaré a Eleonora cómo se hacen los frijoles para que se parezcan a los que hace mi mamá. Si no lo resuelvo de alguna manera, volveré a McDonald's.

Monólogos sobre los viejos en Bradenton

Desde las siete, el cielo creó colores nuevos que se volvieron oscuros y amenazadores. Fueron colores morados enrojecidos. Morados que se convirtieron en grises brillantes que se oscurecieron rápido. Más temprano, como a las dos, Irina me convidó a un lugar donde compra ropa y otras cosas cada vez que visita a Miami. Algunas veces ellas me invitan cuando no quieren salir solas. Siempre lo han hecho desde que cumplí dieciocho, pues antes, era mi madre la que me obligaba a salir con ellas, a cualquier parte, dizque para que a ellas no les diera vergüenza de salir conmigo. Creo que antes de los dieciocho yo también era muy necio según me lo han dejado saber. Cuando visité a Irina en Bradenton, años atrás, me fijé que vive en un lugar muy tranquilo donde hay muchos viejos y muy pocos niños, muchos pájaros y muy pocos carros, mucho silencio y muy poco ruido. En fin, donde hace mucha pereza en la mañana, al medio día y en la noche. Es un lugar con muchos más viejos que yo, más bien, tan viejos como mis viejos.

Me contó que hay muchos viejos allí que ya no querían

vivir más donde fueron jóvenes. Quiso decirme que ya no querían vivir en lugares como donde vivía Anatoli. Se refería a New York, donde el frío los espanta como me espantó a mí un diciembre de esos o porque cansados de ser jóvenes solo querían asolear sus estómagos leyendo libros en el borde de las piscinas. Los viejos de Bradenton son viejos que ya han comprado mucha plata como para pagar sus cosas de viejos. Sí, igual que todos los viejos. Mi papá también compró plata para tener sus cosas de viejo, ¡también para que mi mamá tenga sus cosas de vieja y hasta para mí que, aunque no soy viejo, aún tengo mis cosas sin tener que asolear mi barriga viendo libros que no sé leer! Me gusta ver libros que tienen dibujos como los del Pato Donald o Esponja o que tienen carros nuevos o donde hay mujeres bonitas con o sin ropa.

Cada vez que saco la basura en mi casa pienso en los viejos de Bradenton. Esta mañana me sucedió cuando vi a Eleonora botarla. Tiró las cosas que ya no necesitaba como la ropa a la que se le cayeron los botones de tanto abrocharlos o que se quedó para dormir cuando el piyama no estuviera limpio. La basura espera siempre, ahí echada, sin afán, a que los viejos se hagan más viejos. Cuando se mueren los viejos van al basurero de la gente. Van dormidos. O mejor, los llevan muertos. Cuando murió Bella, la hermana mayor de mi papá, fuimos todos, a botarla a la basura, vestidos de negro. Hasta los niños fueron con nosotros o los llevaron porque ellos no pueden ir solos. Lo que me parece raro cada vez que hay un muerto conocido es que, en vez de sacarlo en una bolsa de plástico, de las que traen las compras en el supermercado, lo sacan en una caja parecida al mueble de madera que mi mamá no quiere botar. He tenido claro que cuando las personas mueren y se tiran a la basura siempre van en un mueble que reemplaza la bolsa de plástico. Especialmente cuando quien muere es conocido y tanto los hijos como los amigos se ponen tristes porque se murió. Preguntaré a mi mamá de cuál color le gustaría su mueble. Bueno, cuando se muera. Luego le preguntaré a mi papá. Cuando yo muera quiero un mueble rojo con la misma ventana de vidrio que le hicieron al mueble de Bella. Pediré que me boten a la basura con el aparato de jugar videos y el último juego de Mario Bros. Algunas veces, cuando los "Pigcstola" mueren y los muestran en el televisor, son botados a la basura en bolsas negras. Eso lo veo todos los días a las siete antes de la novela que mi mamá ve. En Medellín, a mucha gente la botan a la basura en bolsas negras. Eso es porque no hay quien la reclame. Me lo contó mi mamá. Un día ella me explicó que los "Pigcstola" salen a la calle a robar o a matar y cuando en vez de robar o matar, algún policía los mata primero, entonces nadie sabe quiénes son y los botan en bolsas negras.

Mi mamá me dice que los viejos mueren de viejos, pero, Eleonora me ha dicho que mueren por muchas razones. No entiendo la diferencia entre morir de viejo o morir por muchas razones como la tos o la gripa. Mi mamá siempre anda yendo al médico por medicinas para que no le den dolores que la hagan morir. Cuando habla con sus amigas dice:

—El día que me toque morir que sea de repente, sin dolor.

Quisiera saber qué quiere decir eso de... repente, pues sin dolor si sé que es. A mi papá, mi vieja le da todos los días una pastilla, muy chiquita, dizque para que no se muera del corazón. Ahora sí que estoy confundido. ¿Qué tiene que ver morir de viejo con morir del corazón o de repente? ¿Qué tiene que ver la pastilla con todo esto? Siempre he entendido que la pastilla se toma para que a uno no le dé la pendejada. Seguro eso del corazón o de repente son otras clases de pendejadas que le dan a la gente. Creo que los viejos que aún piensan, no como algunos viejos de Bradenton, saben que se están volviendo como el mueble de mi vieja o como esa ropa que se va quedando sin botones y saben también que algún día saldrán de alguna casa, convertidos en basura.

Irina me contó que a uno de esos viejos lo acuesta una señora en una de las sillas largas de la piscina y que el viejo ni se mueve. Yo no lo había notado hasta que un día ella me lo mostró. Me dijo que ese señor ya no hablaba, ni veía, ni entendía. Entonces lo seguí mirando desde la ventana del apartamento que da a la piscina donde todos los viejos llegan a leer libros todo el día. Como ese viejo me llamó tanto la atención lo miré por varios días. Yo suponía que todos los viejos eran iguales, pero nunca me imaginé que hubiera tantos que ya no hablan, ni ven, ni entienden.

Una mañana los vi llegar. Él venía sentado en una silla de ruedas, enroscado como una llanta. Me di cuenta de que ni siquiera sabía que estaba ahí. Algo así les pasa a las bolsas de basura de Medellín o de Miami o de Chicago, que por ser basura ya están muertas y no saben que están allí. Porque la basura tampoco oye, ni ve, ni entiende. Los que de verdad oyen, ven y entienden son los que botan la basura. Una señora café de cabello blanco y ojos cansados, con uniforme de hospital, empujaba la silla de ruedas. La señora era más bien flaca, aunque alta. Noté que le fue muy difícil bajar al viejo y ponerlo en la silla al borde de la piscina. Quise ayudarla, pero me sentí lejos, pues solo los observaba desde la ventana del apartamento de Irina que, aunque queda frente a esa piscina, sí tiene una barda que los separa. Creo que ese viejo se cansó de pensar qué pasaría con él cuando estuviera viejo y prefirió no pensar más antes de llegar a Bradenton. Al parecer no muchos visitan a los viejos de Bradenton. Eso mismo me parece que pasa en mi casa, pues a mis viejos poco los visitan los que se fueron a los Estados Unidos o a Londres, como Eleonora, la misma Irina, Fausto, Artur, Igor y Boris, por no mencionar a Raisa. Ahora que lo veo, yo soy el único de mi casa que visito a mis viejos todos los días. Quien lo fuera a creer, cuando los viejos más nos necesitan es cuando más los dejamos solos. Irina me contó que cuando llega la Navidad, o cuando les avisan que el viejo ya se murió, algunos familiares van a visitarlos. Alguien tiene que encargarse de botar a la basura lo que el muerto dejó, incluyendo al mismo muerto. Casi todos dejan sus libros untados de piscina o recuerdos como el mueble de mi mamá que pudiera interesarle al vendedor de aguacates.

Algo que me gustó de los viejos de Bradenton es que todos me saludan y me sonríen. Bueno, los que aún oyen, ven o entienden. Menos el de la silla de ruedas que ya ni sonríe, ni saluda. Son amables y no se fijan tanto en mis ojos ni en la forma de mi cara ni en la delgadez de mis piernas. Son amables porque se han aburrido de ser jóvenes o de ser como esa gente que hace las cosas no muy bien hechas. Como esos niños del McDonald's, como la hermana de Amparo o como algunos de los de la Comuna que matan solo para burlarse de los muertos. Lo sé porque lo vi una vez cuando, después de una pelea, se rieron del que perdió porque se murió con sangre en su estómago. Lo vi en la Villa antes de viajar a Miami, pero no le conté a mi mamá

Por instantes dudé de haber sido un viejo siempre. Lo dudé porque nunca he trabajado como lo hacen todos los que trabajan cuando no están viejos, ni he estudiado como lo hacen todos los que estudian cuando están jóvenes. Pero pensé también que no estoy viejo porque camino muy rápido y juego videos. Me tranquilicé más cuando pensé en que ni los viejos de Bradenton ni los de Medellín juegan videos como lo hago yo. Solo saben jugar a las cartas y leer y yo no sé hacer ninguna de las dos cosas.

Aunque ya había admirado el Volkswagen de Irina desde que llegó a casa de Eleonora nunca lo había montado pese a que ella me había invitado muchas veces. La verdad, no lo había montado porque escuché que Artur dijo que era un carro para señoritas y eso no me gustó.

—*Egte carrrooo paaaara mejeeer... yoooo, hommmbre* — le dije muy serio cuando me invitó a montarlo. Ella no comprendió y le repetí.

—¡Vamos Ludovico, ya sé manejar bien! —extrañada volvió a convidarme.

—*Yoooo, yo hommmbre, mariquia nooo.*

Le respondí y entendió por qué me entiende tanto como Eleonora. Lo entendió mejor por qué he dicho marica. Lo digo cada vez que veo un hombre haciendo cosas de mujer como cortarles el pelo a las mujeres en una peluquería o arreglarse las uñas, o pintarse los labios, o los ojos, o pelarse las cejas como Eleonora o Raisa. Ella soltó una carcajada y corrió a abrazarme sin dejar de sonreír. Me preguntó por qué pensaba yo que ese carro era solo para mujeres. Le comenté que Artur lo dijo un día cuando hablaba con mi cuñado y yo lo estaba escuchando. Después de explicarme que el color gris olla del carro es color también de hombres me monté.

Fue un atardecer bonito porque compartí con ella. Me quiere mucho. Lo sé por lo amable que es conmigo. Cuando me ofrece jugo o leche me entrega un papel suave para que me limpie por si me ensucio. Cuando me lleva a un restaurante me explica la comida que venden y me ayuda a escoger lo que quiero. No como mi vieja que pide lo que ella cree que me gusta sin preguntarme. Irina me deja escoger, especialmente los tenis que me gustan para trotar o los helados de chocolate, o la pizza. La última vez que estuve en su casa de Bradenton fuimos al *Pierrrrg*, al menos así le digo por qué me ha hecho repetirlo muchas veces. Ella lo dice mejor por qué lo dice en inglés y también porque a diferencia de mí sabe hablar bien. Yo no sé decirlo ni en español, porque en Medellín "no hay *Pierrrrg*" y solo conozco el de Bradenton que se dice en inglés. Me refiero a ese lugar que entra en el mar y se llena de gente para ver el atardecer. Es un camino largo, hecho de madera. Al llegar a la punta se ve la playa y es como si la gente estuviera caminando sobre el agua. Mucha gente va cada tarde para ver cómo el sol se esconde detrás del agua, mientras muchas personas sacan peces del mar o toman fotografías sonriendo, o haciendo muecas para que cuando otros vean las fotos se rían. Qué pesar de los peces. Son idiotas por distraerse viendo el sol como lo hace toda la gente y se dejan pescar. Qué tontos son. Si no miraran el sol estarían vivos. Creo que algunos días Irina va sola a ese lugar, pues vive sola. Siempre ha vivido sola. Como vive en Bradenton, ya se parece a una vieja. Más bien porque le gusta mirar los pajaritos y al lago detrás de su apartamento donde hay cocodrilos pequeños y también avisos para que los que juegan golf no se dejen comer de ellos. Su apartamento es más bonito que mi casa de Medellín. Es limpio y agradable, sin palomas que se caguen en las barandas ni vendedores de aguacates, ni de periódicos que te despiertan con sus gritos. Es un lugar como los que aparecen en revistas. Por lo que veo compra mucha plata en el supermercado para adquirir muebles, matas de mentiras para adornar todos los rincones y ropa para todos los días. No como la casa de Eleonora que es vieja y sus paredes se caen. Qué pesar de Eleonora. No tiene una casa ni un carro nuevos, pero sí tiene matas de verdad.

Cuando estoy en Bradenton extraño el aguacate y los frijoles. También extraño la alegría de la gente. Me gusta cuando los que están cerca de mí son alegres porque se me pega un poco. En Bradenton me siento solo, aunque Irina esté cerca. Hay personas que parecen ser felices sintiéndose tristes. Eso creo que le puede pasar a Irina. Vive sola, lejos de todos nosotros, sin amigos y sin hijos. Lejos del mundo y cerca tan solo de ella. No como Eleonora que me enseñó a saber qué es ser feliz. Me gustaría preguntarle a Irina acerca de su felicidad, pero a duras penas puedo decirle:

—¡Qiubo pegs!

...Ella no me entendería... Nunca sabré cómo preguntárselo. Desde muy pequeño me acostumbré a no preguntarle. Será por eso por lo que nunca he tenido esa pendejada por su culpa. Sí..., esa pendejada que me pone tan bravo. Cuando tengo la pendejada es porque algo se me olvidó o porque a mi mamá algo no le gustó, o a mi papá, o porque Boris se comió algo que era para que yo me lo comiera cuando llegara de la calle. Lo que no me gusta de Bradenton es que desde muy temprano las máquinas que cortan el pasto del campo de golf despiertan a los viejos. Lo que no saben los que cortan es que no solo los despiertan a ellos sino también a nosotros.

—¿Cuál me queda mejor? —me preguntó Irina mientras se acercaba a la cara una blusa colorada con flores pequeñas y otra del mismo color del cielo cuando no hay nubes. A ella todo le queda bien por ser delgada y bonita. Yo siempre se lo digo:

—*Lasss dooooosss… linnndooo, ¿Ugsted cuálll lllgustaaa?.*

Ella insiste que yo le diga cuál y termino por señalarle cualquiera. Entonces, la compra y se la pone al día siguiente. Me gusta verla con la ropa que yo le ayudo a comprar. Ella me pregunta si tengo novia o si tengo hambre, o sed, o… qué le estoy pidiendo al Niño Jesús en diciembre, o qué quiero de cumpleaños. Ese día le conté de Amparo. Le dije que quiero volver a Medellín para verla nuevamente. Me preguntó dónde vive. Le contesté que en la Villa. Tuve que mentir otra vez igual que cuando le miento a mi mamá porque si le cuento que Amparo vive en la Comuna Trece entonces le dice a mi mamá y ella se confunde. También me preguntó cuántos años tiene y le dije que muy pocos. Me preguntó si es alta y le dije que una mano más que yo. Me preguntó si tiene hermanos y, entonces, me recordé de su hermana chiquita y le contesté que no. Hablamos mucho de Amparo, aunque no tanto como hablo con Eleonora. Siempre he sentido que hablo más fácil con Eleonora que con Irina. Debe ser porque Eleonora es más joven. Casi tanto como yo. Será por eso por lo que me gusta más.

Me gusta más acompañar a Irina a que ella me acompañe. En mi casa hay unos que me entretienen más, es decir, con quienes me gusta estar más tiempo. Eso no quiere decir que no los quiera a todos. Porque sí los quiero, aunque algunas veces me den pereza. Lo cierto es que hay algunos a quienes a mí sí me gusta acompañar. Por ejemplo, me gusta mucho que me acompañe mi mamá siempre que yo la acompañe a ella. A mi papá, prefiero acompañarlo yo, pues siento que él no disfruta acompañarme por mucho rato. Quizás sí, pero de eso jamás me he dado cuenta. En cuanto a Fausto, no me gusta del todo que me acompañe, ni a mí me gusta acompañarlo. Solo me gusta verlo y saludarlo algunas veces y otras prefiero saludarlo, pero no verlo. Eso, porque pocas veces él mira a mi cara y me habla. Solo se limita a decirme...

—¡Hola, Ludoviiiiiico!.

Veo que a Fausto le gusta vivir alejado de la familia. Es como si alguien lo persiguiera o como si no le gustara que alguien supiera algo que esconde desde hace muchos años. Cuando él quiere o necesita prefiere venir a vernos. Lo prefiere en vez de que nosotros vayamos a verlo. Cada vez que Fausto viene a casa llega con algún amigo nuevo.

Fausto no tiene novia, ni esposa, ni hijos. Tiene unos perros muy bonitos blancos de pecas negras, como los de la película de dibujos animados. Qué raro es ese Fausto, es muy buena persona, quizás el mejor de todos. Porque buena persona sí es. Todos lo queremos mucho porque es muy especial. Seguro ni se imagina que extraño su amistad. Al fin, ya viejo como se está poniendo, las cosas no cambiarán. Siempre vivirá alejado en casa de algún buen amigo que algún día conoceremos. Siempre con algún amigo nuevo también buena persona. Cuando nos visita acompañado por alguno de ellos, nos reímos. Son siempre señores muy amables y atentos, especialmente con mi par de viejos.

Ahora que estamos jugando a quien nos gusta o no acompañar, pienso en Artur. Al parecer a él le gustan las dos cosas: que yo lo acompañe y que él venga a acompañarme. El único problema es que cuando llega a Colombia nunca se queda acompañándonos en nuestra casa para que nosotros disfrutemos sus chistes y yo me ría cuando los otros se ríen porque entendieron los chistes. Ese Artur sí que tiene amigas por todas partes. Se parecen a las hormigas de la casa de Irina en Bradenton, que se le pegan a cuanta migaja encuentran. En Medellín tiene una amiga a la que sí le gusta acompañar todo el tiempo. Es una señora ya, muy bonita, con nalgas y tetas grandes. Es esa misma señora que a veces se deja acompañar por mis otros dos hermanos mayores aprovechando que ellos llegan a Medellín de vez en cuando. De Igor, ni qué decir.

Creo que solo le gusta estar bravo y mi papá mantiene esperando a que se le pase la bravura para acompañarlo un poco y quitarle la mala cara o para que él lo acompañe y le ayude a buscar alguna palabra del crucigrama que mi viejo no ha logrado encontrar.

—*¡Qué perecza Iggoorrrr tannn bravvvooo! No meee gugggssta naaaada, naaadddad.*

Siento que Igor nunca me acompaña ni yo lo acompaño a él. Si de algo estoy seguro, es que a la hora del almuerzo le gusta acompañar a mi mamá para que le sirva bastante. Qué raro. A esa hora debería estar acompañando a su mujer y a los niños, que seguro lo deben estar esperando para que él los acompañe a comer.

De Boris no sé qué pensar. Siempre está en la casa ayudando a los viejos. Especialmente a mi mamá, pues a mi papá sí que no le gusta que él lo acompañe, ni tampoco le gusta acompañarlo, aunque sea por un instante. Mi padre se pone muy mal cuando está Boris por ahí. Creo que a mi papá poco le gusta que Boris esté en la casa porque no trabaja y toma aguardiente todo el día. A mi mamá en cambio sí le gusta que la acompañe porque la lleva al supermercado y a veces le hace los mandados. Boris es muy atento con los dos viejos. Qué pesar que a él le interese más la compañía de las botellas que de las personas. Pareciera que están enamorados. De Raisa la verdad no lo sé. Diría que no me gusta que me acompañe ni a mí me gusta acompañarla.

Solo me falta hablar un poco de Anatoli. En algún

momento, cuando lo visitamos en New York, él tenía mucha plata. Sin embargo, desde hace varios años, dejó de hablarles a mi papá y a mi mamá como si los estuviera castigando por ser viejos. Nunca sabré qué pensar. Lo prefiero como hace tantos años, cuando le gustaba que yo lo acompañara y me gustaba que él lo hiciera conmigo. Me pone triste saber que ni él ni Igor les hablan a mis papás, ni me hablan a mí, ni a Irina, ni a Eleonora. Sin embargo, se me hace muy raro que lleven tanto tiempo sin hablarle a los viejos y estén aquí con la familia. He notado estos días que, pese a que no les han hablado a los viejos durante tanto tiempo, ahora sí lo han hecho, aunque muy poco. Le preguntaré a Eleonora por qué ellos están bravos con los viejos y con ellas.

Monólogos con mosquitos
y lagartijas transparentes

Segunda vez que iremos a misa en español en Miami. Ese domingo sería la de las siete de la noche en la misma iglesia cercana a la casa de Eleonora. La primera vez que estuve, el domingo pasado, me pareció divertida. Especialmente porque tocan guitarra y cantan bonito. Me recordaron algunos cantos de la iglesia de Santa Gema donde mi mamá me lleva cada domingo. Por suerte no cantan la música que le gustaba al abuelo pintor sino la que me gusta a mí. Cantaron como lo hacen en el reguetón y nos hicieron aplaudir mientras cantaban. Casi no me gusta ir a misa ni aquí ni en Medellín, porque me debo sentar y parar muchas veces.

—*Quee pereccza, páresgee, giéntese, páresgee, giéntese…* y cuando ya estoy cansado de pararme y sentarme debo doblar las rodillas y quedarme un rato pensando en el Niño Jesús para que me den la comunión que no puedo masticar sino solo ablandar y tragar. Me duelen mucho las rodillas cuando tengo que arrodillarme a pensar en el Niño Jesús. Le he dejado saber a mi mamá que no quiero volver a misa, pero ella me recuerda que si no voy me puede dar la pendejada. Mi papá no va a misa porque nunca le da como a mí. ¿Será porque está viejo y eso se va yendo con el tiempo? Mi madre me lleva a misa para que no me dé, y si me da, para que no me dé tan seguido. Como la misa es la que me protege de todo mal, entonces prefiero ir, aunque no me guste. Mucha gente que va a la misa deja plata en las canastas, otros van a dormir. Sí..., los he visto dormir mientras todos se paran y se levantan o se arrodillan al final. Los niños que van con sus papás aprovechan para reír y jugar pasito y hasta para pelear mientras sus papás cierran los ojos para pensar en el Niño Jesús. El padre que daba la misa era un señor raro, con las cejas afeitadas. Recuerdo que lo miré por mucho tiempo hasta que no resistí más y le pregunté a Eleonora:

— ¿*Pppaaaadreee mariquia?*

Mi mamá escuchó y me pegó con el codo para que yo me callara. Otra señora, que estaba cerca, debió escucharme y se tapó la boca asustada. La última vez que mi mamá me había pegado con el codo fue en la llegada al aeropuerto para que me riera con el policía. Con cara de confundida o con pena miró a Eleonora que igual sonrió y disimuló como si hubiera escuchado un chiste del que no se podía reír. Eso no evitó que yo siguiera mirando al cura y que me hiciera dejar de pensar que hablaba y se movía como una mujer con vestido largo. Seguí escuchando lo que entendía de la misa. Atento para yo hacer lo mismo cuando alguno se parara o se sentara. Así me lo enseño mi vieja desde chiquito. El cura de Santa Gema no se me parece a una mujer, aunque tampoco tiene señora ni tiene hijos como pasa con Fausto y con Boris. Eso no quiere decir que el cura de Santa Gema sea marica. A lo mejor también tiene a una Amparo en quien pensar. Como yo, que soy solo, pero pienso en Amparo. Eso también quiere decir que no soy como parece ser el cura de Miami. ¿Será que al Niño Jesús no le gusta que le hagan bulla y lo distraigan? ¿Será por eso por lo que los curas no tienen mujer y niños chiquitos? Seguro que ni Fausto ni Boris son maricas porque si lo fueran, a mamá no le gustaría. Lo sé porque a ella sí que no le gustan para nada ni los negros ni los maricas. Yo en cambio no sé qué pensar. Lo único que me importa es que al menos yo no quiero ser marica, menos ahora que solo pienso en Amparo cada vez.

Cuando en la misa no estoy atento a que debo sentarme o pararme porque estoy distraído mirando a los niños distraídos, o a las muchachas bonitas por detrás, mi mamá nuevamente me lo recuerda con el codo. Me pega pasito para que no me duela o para que yo no me ponga bravo y me dé la pendejada en medio de la misa. Es decir, para que yo caiga en la cuenta de que debo ponerme a tratar de escuchar lo que el cura dice. Cuando voy a misa y el cura está hablando, aprovecho para recordar las cosas que quiero. Ese día recordé que quería comer un helado igual al que Camila quería el día anterior cuando yo no quería helado sino pizza. Seguro que, si yo hubiera preferido helado el día anterior, en la misa estaría pensando en que quería pizza.

Pensé en el Niño Jesús de pequeño, como la foto que tengo en la billetera. Mi mamá me explicó que cuando el Niño Jesús creció llegaron los "Pigcstola" y lo clavaron en la cruz que está frente en la iglesia encima de donde el cura habla. Aún no sé por qué en cada iglesia hay uno diferente. Los hay negros, blancos, con ojos abiertos y cerrados, de colores, con sangre en las rodillas, con sangre en la cabeza o en el cuerpo; los hay colgados de la cruz, los hay sin cruz. En fin, hay muchos Niños Jesús, igual hay muchas mamás y amigos de él. No entiendo por qué hay tantos. ¿Será porque hay mucha gente? Cuando pienso dónde los hacen creo que es en Miami. Lo digo porque mi cuñado me dice que, en Miami, o Chicago, o New York hacen los Hammer de muchos colores. También hacen Ford, Chevrolet y otros que no recuerdo. Seguro son diferentes porque los hacen para gente de ojos azules, para gente café, para los que cortan el pasto en los jardines de Coral Gables y para gente como mi mamá o como nosotros. ¿Será que donde la gente es café el Niño Jesús también lo es? Creo que sí. Ahora recuerdo que estos días fuimos a un lugar a comprar juguetes para Camila. Donde están puestas las Barbies. Las hay de todos los colores y cuando pregunté por las Barbie café me contaron que eran para los negros, sí…, para los negros, así les dicen a las personas cafés. Qué raro. ¿Será que hay gente negra dentro de la gente café?

La misa comenzó muy alegre, tanto que pensé que iba a continuar así. Cuando el cura empezó a hablar, muchos empezamos a bostezar y a comparar los diferentes traseros de la gente. A veces hallo gracia en algunos, sobre todo en aquellos caídos y grandes. Los traseros son valientes porque nos sostienen cuando estamos sentados. También son valientes porque se aguantan cuando el médico manda a ponerle inyecciones. Amparo tiene uno muy bonito, especialmente cuando se pone pantalones apretados y camina por la comuna. Conozco muchos sin pantalones que salen en televisión en la madrugada. Casi todos son de muchachas como Amparo porque solo muestran de muchachas. Cuando veo una muchacha bonita pasear en Miami la imagino a la madrugada en televisión y me gusta, pero cuando pienso mucho en eso entonces siento vergüenza y vuelvo a fijarme en Amparo ya con el pantalón puesto. ¡Qué pena con Amparo! Yo imaginándola sin pantalones. Me parece raro que cuando el cura habla, todos bostezamos y miramos traseros. Los únicos que no lo hacen son los más viejos, otra vez los viejos. Al parecer son los únicos que ponen atención a las cosas que pasan. Mi mamá también lo hace, pero mi papá no. Él solo desea saber cómo se dicen las cosas del crucigrama. Ese día, me dijeron que pidiera al Niño Jesús que nos acompañara en el viaje de regreso a Medellín. Lo hice cuando llegó la hora de ponerme de rodillas:

—*Ninnnñoo Jesssúgs, ayuddddemmmsa al aviiiiooon allllleeeegagr a meeelllin.*

Lo pedí muchas veces y mientras lo hacía sentí mi estómago hervir y quemar mi garganta. Quise limón, pero nadie me miraba y todos estaban de rodillas. Cada vez que debo montar en avión me duele el estómago. Bueno, no solo cuando monto en avión. Igual me pasó cuando quedé perdido en Coral Gables o cuando a mi mamá le cayó ese rayo en la cabeza y la llevaron al hospital.

Me puse contento cuando terminó la misa y el padre dio la bendición. Mi mamá salió tomada del brazo por Eleonora. Se veían felices por haber estado juntos. Creo que Raisa nunca había ido a misa. Lo digo porque nunca la había visto en misa. También me fijé que no recibió la comunión porque se quedó sentada escuchando las canciones que unas viejas vestidas con batas moradas cantaban. Mi mamá fue la primera que hizo la fila para comulgar seguida por Eleonora y mi cuñado. Irina tampoco comulgó. Ni los hombres que nos acompañaron. Al parecer, solo mi madre, Eleonora, mi cuñado y yo creemos en el niño Jesús y los demás fueron solo para acompañarnos. Salimos en varios carros de regreso a casa, los mismos grupos que habíamos llegado. Durante los dos últimos días Eleonora me ha hecho saber que debo preparar mi maleta para cuando anuncien el regreso a Medellín. Según he escuchado será dentro de los próximos días.

Por lo visto, debo empezar a guardar todos los catálogos de carros que he recogido en los lugares donde mi cuñado me ha llevado. Aunque aún no sé pronunciar: l-a-m-b-o-r-g-h-i-n-i, ya tengo catorce fotografías que mi cuñado me ha tomado montado en varios de colores naranja y amarillo, en el lugar donde los venden. Montar en ese carro fue muy bonito. En Medellín no los hay. Hasta ahora no los he visto porque solo hay Hammer que llegan a la Comuna Trece. Hugo se pondrá muy contento de verme montado en esos carros y seguro algún día querrá venir a Miami para montar él también. Por ahora, le prestaré mis fotos para que no le den ganas de venir. De todas maneras, no puede hacerlo porque su mamá nunca lo lleva a otros lugares que no sea Medellín. ¿Será porque su mamá vive en Estados Unidos y él nunca la ve?

Esos días fueron llenos de compras. Todos querían comprar. Compraron tres televisores planos para cambiar los grandotes que aún están en nuestras piezas y que ya no se le ven bien las personas. También compraron tenis para todos. Unos de color café con leche para que a mi mamá no le duelan los jarretes mientras cocina parada en la cocina, y otros negros que se doblan con la mano dizque para que mi papá camine todos los días por el barrio Laureles y que no se canse tanto. Otros para Raisa, del color de los flamencos, esos pájaros que vi en el zoológico y que se me parecen a Amparo. Los compró dizque porque son más baratos que en Londres y porque son también más bonitos que los de allá. También dizque para ir al gimnasio todos los días a las siete de la mañana. Por lo que veo, Raisa tuvo muchas razones para comprar esos tenis flamencos. Compraron también otros tenis blancos para Boris. Esos no los compró Boris sino mi vieja Anastasia, mi mamá, que quiere mucho a Boris pese a que mi papá le reprocha todo lo que ella hace y que tiene que ver con él. A mí me parece que Boris es un hermano triste, aunque no lo parezca. Se está volviendo viejo y no tiene amigos, ni amigas. Todos los viejos como Boris al menos ya tienen hijos y aunque sea han tendido una novia o una mujer. Pero él no…, que yo me acuerde o me haya enterado. Me da cierto pesar de él, porque, al igual que yo, solo puede ver por un ojo y aunque tiene los dos solo uno le sirve. Le sirve el izquierdo, a mí solo el derecho. En casa nunca se habla de nuestras cosas, es decir, de todas las cosas que nos pasan, aunque todos lo sabemos. Por ejemplo, yo sé qué le pasó al ojo de Boris cuando lo tenía bueno. Eso lo sabemos en mi casa porque nos conocemos de siempre… Pero nunca lo comentamos y menos yo, que por no hablar bien no sabría cómo comentar las cosas.

A Boris le pasa lo mismo que a mí, con la diferencia de que por su ojo bueno él si puede ver para todos los lados. En cambio, yo solo puedo ver al frente. Eso lo sé, porque mi madre me lo ha explicado por años y con mucha dificultad lo he tratado de entender. Creo saber de lo que hablo. De eso ya les había hablado antes.

Lo que puedo contar del ojo perdido de Boris es que, cuando estaba chiquito e iba a la primaria se enterró un lápiz. No sé si fue que se calló con el lápiz en la mano o que algún amigo se lo quería quitar o que él se lo quería quitar a un amigo. Qué pesar…, después, ya más grande, como de catorce, estando yo muy chiquito, de tanto acompañar Boris a mi papá, a Igor, a Artur y a Anatoli a jugar billar y a tomar cerveza o aguardiente, Boris empezó a tomar aguardiente y cerveza él también y aún no ha podido parar de hacerlo. Eso es lo que más pesar me da. Sin un ojo, borracho, solo y con un papá que no lo quiere ni poco. Boris huele mucho a cigarrillo y se la pasa hablando por teléfono, diciendo groserías y como mandando a mucha gente a que haga cosas para él. En fin, los zapatos blancos que le compró mi mamá serán para que él se los ponga los domingos, pues entre semana él únicamente se pone zapatos negros o cafés.

Hablando de compras, ni Eleonora, ni Irina, ni Artur, ni Fausto compraron tenis para ellos talvez porque viven aquí en Miami y los pueden comprar cuando quieran. Algo que sí hicieron todos fue comprar ropa. Compraron hasta para mí. Eleonora cumplió con lo prometido y me compró un aparato de juegos de video nuevo. Ella me lo había prometido. A estas alturas ya lo había jugado varias veces y algo le había aprendido. Me gusta mucho jugar los últimos videos que han salido no importa lo difícil que sea jugarlos. Eduardito, mi sobrinito, ha intentado enseñarme a jugar en un video de golf que le regalaron, pero no he podido aprender. Veo muy chiquita la bola y cada vez que tiro el palo no le puedo dar y entonces él tiene que hacerlo por mí. Eduardito también me enseñó a hacer tortas en otro video. Eso sí me gustó. Lo jugaré. También me enseñó a vestir muñecas en otro juego. Me gustó hacerlo, pero no lo jugaré porque solo las niñas juegan vistiendo muñecas. ¿Será que el cura de Miami juega con muñecas en el aparato de video? Es posible, pero creo que el padre de

Santa Gema no porque no se parece al padre de aquí.

Esa noche, al regresar de misa, nos juntamos en el comedor. Llegamos con hambre y aunque la comida no estaba aún lista, las mujeres, menos Raisa, se pusieron a preparar algo rápido que nos alejara, aunque fuera unas dos horas, del hambre. Pese al hambre que nos acosaba, de todas maneras, estábamos pasando un momento muy especial porque todos estaban sonrientes. Incluso Anatoli e Igor quienes ya no ríen como cuando eran jóvenes y aún no se habían casado ni tenían a mis sobrinos que ahora son grandes y ya están casados. Anatoli ya no se ríe. Hace mucho tiempo que no lo veo reír. Siempre está serio, sumando cosas en una calculadora que no suelta para nada. Prefiere leer y leer antes que reír. Parece ser alguien demasiado metido en sus pensamientos. Ahora que lo pienso, es un poco parecido a mí porque así me mantengo yo. ¿Será por eso por lo que somos hermanos? Me da la impresión de que mantiene muchas cosas en su cabeza. Todos en mi casa dicen que Anatoli está loco. No sé si lo dicen de verdad o de mentiras, como burlándose de él. A lo mejor es de verdad porque no les habla a mis viejos y solo los locos hacen eso. Dicen que es loco desde hace mucho tiempo y que solo le interesa la plata. Dicen también, que solo le gusta hablar de plata y que por eso se casó con Irma Lomanto, una señora muy querida que al parecer tiene mucha plata y que trabaja cuidándole la plata a un señor que también tiene mucha plata. Más plata que ella misma y que todos mis hermanos y amigos juntos. Es decir, que tiene muchos bancos y supermercados donde venden plata a la gente que como mi papá va siempre a comprarla cuando se le acaba la que tiene en el bolsillo. Será por eso por lo que cuando tengo que referirme a Anatoli siempre digo:

—*Esseee mucccccquiia pliaaattta.*

Las compras del día aún estaban desparramadas por toda parte y la casa de Eleonora se parecía más a una tienda que a una casa. Viéndolo todo así, me puse triste una vez más. No pude evitarlo. Creo que ya estaba acostumbrado a tenerlos cerca y por seguro al marcharnos nuevamente estaríamos lejos y más solos que nunca. Nuevamente dejé de comer y sentí ardor en el estómago. Fui a la nevera y saqué un limón que partí y tomé su jugo. Mi estómago, sin embargo, me ardió más. Eleonora llegó a ayudarme. No sé cómo hace para enterarse de que estoy necesitando ayuda. Así es mi vieja. Se me aparece cuando yo necesito que se me aparezca. Esa vez Eleonora me dio a tomar agua de linaza que siempre mantiene fresca. Eso me ayudó.

Acudí nuevamente a la ventana de la casa que da a la calle y que me deja ver jardines de otras casas. Me quedé por largo rato mientras todos en la mesa hablaban y mientras los niños dormían. Pensé en mi mamá vieja, en mí no tan viejo como ellos, pero tampoco tan joven; y pensé en mi papá. Pensé que ella ya no podía estar tan pendiente de mí y me afané. Pensé en pedirle a mi viejo que comprara otra señora más nueva o en hablar con Eleonora para que viviera con nosotros en Medellín.

Sentía las risotadas de Artur, de Eleonora y de Boris que eran los más bulliciosos. Me hubiera gustado estar entendiendo sus chistes una vez más como cuando tengo ganas de entender todo cuanto hablan o cuanto dicen. Me hubiera gustado haber sabido todo lo que tiene que ver con el mueble viejo y otras cosas que quisiera comprender. Pero eso solo fueron cosas que noté, incluso hasta cuando la mesa se fue desocupando poco a poco y la noche hacía verlo todo más quieto. Los carros ya casi no pasaban frente a la casa y solo las luces del vecindario hacían notar la presencia de los jardines.

Me concentré en mirar los mosquitos volar alrededor del farol y las lagartijas blancas comiéndoselos. Fue muy divertido ver como en la noche las lagartijas salen todas blancas. Es decir, pálidas, casi transparentes. Mi cuñado me explicó que son las mismas lagartijas del día, pero que en la noche cambian de color para que los mosquitos no se fijen tanto en ellas y se dejen comer. Pese a las lagartijas y los mosquitos que me distraían, yo si seguía muy triste. Tal vez porque dentro de mí veía a mi mamá muy vieja o porque sentía que los extrañaría a todos cuando nos regresáramos a Medellín. Fue entonces cuando sentí que mi cuñado puso su mano sobre mi hombro. Le sonreí, pero tampoco quise decirle sobre mi tristeza. Quizás él ya la había notado en mis ojos desobedientes. Me preguntó si es que no tenía sueño. Le dije que no. Le conté de las lagartijas y de los mosquitos y se sonrió. Creo que comprendió que era mejor dejarme solo y se marchó. Iría a acostarse como lo hacían los demás. Eleonora también se me acercó unos minutos más tarde. Me dio un beso y me pidió que me acostara temprano. Le aseguré que así lo haría, aunque sabía que eran mentiras. Nunca duermo antes de las tres de la mañana y esa noche triste sería más larga para mí, pues nada de lo que pensaba era alegre. Ni siquiera cuando pensaba en Amparo porque la veía con sus novios o amigos que la abrazaban y le daban besos mientras yo estaba mirándola de cerca. Pensé en Hugo y también estuve triste. De solo imaginarme que no tiene a la mamá cerca de él me pone triste. Creo que él debería comprarse otra mamá que estuviera cerca de él. Si mi mamá ya no estuviera tan vieja yo le pediría que fuera la mamá de Hugo, él sería un hermano muy bueno para mí. Eso es, le pediré a mi madre que cambie a Anatoli que no le habla o al mismo Igor, por Hugo. ¿Se imagina a Anatoli y a Igor siendo hijos de una mamá que no los quiere y que nunca ha estado con ellos?

Pensando en Hugo caí en la cuenta de que solo él podría decirme cómo se vive sin una mamá. Sí, eso es. Él podrá dejarme saber qué hacer cuando mi vieja muera de vieja o de un ataque al corazón, o porque alguna bala en Medellín la mató, sin ni siquiera saber de dónde vino. Le preguntaré si cuando él supo que su mamá no estaba con él porque se fue para Nueva York, a él no le dieron ganas de llorar. Así sabré si lloraré cuando por fin decidan poner a mi vieja en la basura como creo que lo hacen muy seguido con los viejos de Bradenton.

Solo, con las lagartijas y los mosquitos, me puse a pensar en las personas que conozco y que no tienen mamá. Pensé en mi cuñado. Recuerdo que le pregunté si estaba muy triste por la muerte de su mamá y él me dijo que sí. Me dijo también que por otra parte, él también se sentía contento de su muerte porque ella estaba muy enferma y que con su muerte había dejado de sufrir. Me explicó que dejar de sufrir es no sentir más ayayay. Me dijo que con su muerte a su mamá ya no le dolería más la cabeza refiriéndose al ayayay. Comprendí todo cuanto me explicó acerca de la tristeza y la alegría que se siente cuando los viejos mueren. Sentí entonces temor pues a mi mamá le dan esos rayos en la cabeza y por eso la llevan al hospital. Supuse también que, si ella se me muere por culpa de esos rayos, entonces esos rayos no le darían más dolor y me puse un poco alegre, aunque no del todo. Qué pesar que a ella también le toque mejor morir para que no sufra más. Sentí afán por ella y corriendo fui a la cama de Eleonora, que ya tenía sus brazos tapados con la cobija. Le toqué el hombro y ella se destapó.

—¿Qué pasa bebé? —me preguntó un poco asustada.

— *Yoooo prigsste, prigssssste.*

—¿Triste por qué bebé? —dijo, sentándose en la cama.

—*Maaaamáa muy viejja… Se murióóó, cabezzzaaaaa yayayyyyy. Yoooo prigsste, prigssssste.*

Me abrazó con cariño. Mi cuñado se despertó también, pero ella le dijo algo y él volvió a acostarse. Luego me llevó de la mano hasta la sala donde estaba el sofá donde yo debía acostarme. Se sentó y me abrazó. Luego me dijo:

—Triste, triste, no bebé... ¡Yo te quiero mucho!.

Y me abrazó con fuerza nuevamente y casi no me suelta. Mejor dicho, casi no la suelto. Hubiera querido que nunca me soltara. Hasta donde recuerdo mi mamá dejó de abrazarme cuando yo empecé a ser más grande y más peleón. Prefirió no abrazarme más porque a mí no me gustaba. Yo era muy esquivo y grosero. Aún lo soy. Pobre vieja, cómo le ha tocado de duro. Ahora quisiera que ella me abrazara como lo hizo Eleonora, pero siento que ya perdió la costumbre. Tal vez no lo hace porque le da miedo. Seguro piensa que me dará una de esas pendejadas y que la voy a insultar. Ella siempre ha estado conmigo, pero no tan cerquita. En eso es igual mi papá. Él se me acerca, me pone su mano en mi hombro y me da palmaditas solo cuando cumplo años. Cuando cumplo años o ellos dos cumplen años tras decirnos el ¡feliz cumpleaños!, nos llevamos los tres a un restaurante a comer lo que cada uno de nosotros quiera. Los tres solos, pues mis hermanos ese día lo único que hacen es llamar por teléfono. Algo que sí sé que pasa cada año en nuestros cumpleaños es que Eleonora llama a todos mis hermanos hombres para que se acuerden de felicitarnos. Para que nos feliciten, porque ellos casi nunca se acuerdan de hacerlo. En otras palabras, ellos casi nunca se acuerdan de los viejos.

Para acabar de contar esto de los abrazos, puedo decir que en mi casa de Medellín se han desaparecido las velitas prendidas sobre las tortas, como antes. Cuando en la casa la alegría de todos era lo más importante. La alegría también se marchó de nuestra casa, se pasó a vivir donde los vecinos o los amigos del barrio. Lo que quiero decir es que en mi casa los abrazos son escasos.

La que siempre me abraza cuando me ve por ahí es Eleonora. Ella es muy bacana. No le da miedo que yo la rechace o si le da miedo, se hace la pendeja porque sabe que a mí me gustan sus abrazos. Amparo nunca me ha abrazado de verdad, es decir, cuando voy a visitarla de verdad. Nos abrazamos cuando yo la veo en las películas o en las revistas o me la imagino convertida en una de esas mujeres que he visto en los barcos donde fuimos a pasear estos días con todos los que estamos en Miami visitando a Eleonora.

Esta noche quise llorar mucho y lo hice. Una parte la lloré mientras Eleonora me abrazaba y me sobaba la espalda. Durante este viaje a Miami he recibido más abrazos que en todos mis años de vivir solo con mis viejos. Me abrazaron cuando llegué, cuando me perdí en Coral Gables y luego aparecí y cuando he llorado abrazado a Eleonora. Para que yo dejara de llorar, ella me dijo lo mismo que me dice cuando estoy triste por pensar que será de mí cuando los viejos mueran. Me dijo primero que ella me quiere mucho y también que mis viejos nunca morirán porque se quedarán en mi cabeza siempre sonriendo. Me alivié un poco, aunque solo mientras ella estuvo conmigo. Me ofreció un vaso con leche y una torta que habían preparado en la tarde. Una de esas tortas ricas que mi mamá prepara cuando invita a sus amigas a tomar café y a hablar toda la tarde de lo mismo que hablan todas las tardes, cuando se invitan a comer torta con café.

Nuevamente quedé solo con las lagartijas transparentes y con los mosquitos tontos que, por no fijarse bien, se dejan comer. Esta vez, luego de un rato, ya no estábamos tan solos pues a brincos, un sapo horrible de piel arrugada, grandote, medio negro y medio café, se acercó a la luz como no queriendo las cosas. Caminaba con disimulo en vez de saltar y después de acomodarse comenzó a tirar su lengua y comer mosquitos que se paraban bajo la luz del farol. Me gustó verlo de verdad, pues solo los había visto comer en la televisión. Los vi un día de esos cuando veo televisión, en uno de esos programas de animales. Pude ver de verdad cómo se comen las moscas, los grillos o las cucarachas. Lo hacen a punta de lengüetazos. Fue muy divertido para mí verlo de verdad. Ya éramos muchos los que a esas horas de la noche permanecíamos despiertos. Éramos muchos sapos, muchas lagartijas y no tantos mosquitos. Al cabo de las horas sentí mi estómago hablar como lo hace cada noche, cuando aún despierto, veo la televisión o pienso sin ver televisión. Supe que ya era tiempo de cerrar mi ventana. Quería descansar no sin antes prepararme una avena helada, en la licuadora, con mucha leche y azúcar. Qué pesar que Camila lloró cuando la licuadora estaba haciendo la avena. Lloró por unos minutos, pero dejó de hacerlo. Me senté a tomar la avena en la mesa del comedor a oscuras y noté que mi papá salió al baño y luego Irina. Mi mamá también lo hizo y luego todos. El único que no lo hizo fue mi sobrino Eduardito y mi cuñado. Parecía que todos habían estado viendo lagartijas blancas y mosquitos y, como yo, tristes no habían podido dormir. En fin, me fui a tratar de dormir. Ya eran las tres de la mañana o algo así. Fue extraño porque por estar viendo lagartijas blancas, sapos y mosquitos no vi televisión ni pensé en Amparo.

Ya en mi cama me encontré ensimismado, tanto como suelo encontrarme cuando ensimismado estoy. Hablando conmigo mismo como siempre cuando conmigo hablo. Imaginándome mirar y mirar como cuando miro y miro imaginándome. Pegado a mi pequeña ventana desde donde siempre suelo mirar. Una noche más. Esta vez todos dormíamos, pese a los ronquidos escalofriantes de Artur. Creo que cerraré mi pequeña ventana. Estoy cansado de tratar de verlo todo y debo dormir.

—…*Haagggstaa maññaaaana, Ampaarrro queeeerieeedda.*

Monólogos para el retorno

—*Uffff ¡Papuuuta…, papuuuta, papuuuta!*
Fue lo único que pude decir cuando el avión tocó Medellín y se estremeció como si se empezara a desbaratar, rodando y rodando, muy, pero muy rápido por ese suelo; peleando con ese viento acosador y emputado porque el avión había llegado sin pedirle permiso y sin querer parar. Y nosotros en ese avión haciendo un esfuerzo por ayudarle a que no siguiera tan rápido o para que anduviera más despacio y dele y dele a ese viento que sonaba y chillaba furioso porque el avión le quería ganar. Huy… que ganas tan grandes de orinar me dieron y apreté las nalgas para evitarlo, tal y como mi vieja me dice que haga cuando quiero orinar y no puedo hacerlo porque estoy lejos de un baño… y seguí angustiado, sintiendo el avión que no puede parar porque le pudo al viento y empiezo a sudar y a sudar y miro a mi madre y ella me mira aterrada con ganas de que yo no me asuste porque me puede dar la pendejada que me da cuando me asusto. Y aunque ese animal se va quedando sin fuerzas porque el viento le ha empezado a ganar, sigo sudando por un tiempo y me

pican los sobacos y me tengo que rascar hasta que me siento también más liviano, sin tanto peso en el cuello. Y eso que yo no sudo tanto porque ni sudor me sale o solo me sale un poco cuando estoy recalentado por la perdida que me pegué en Coral Gables o porque estoy con esa pendejada que me da cuando las cosas no son como yo las quiero y me quedo sin control y que solo se me pasa cuando voy a ver el niño Jesús en la iglesia de Miami o en Santa Gema y me voy quedando como el avión y como el viento que cansados de tanto luchar entre ellos ya no quieren hacer tanta fuerza y los dos piensan que han ganado.

Uff… Ahora todo está más tranquilo porque el viento y el avión ya se callaron y la gente no se ve asustada y mi madre me sigue mirando y la veo con una sonrisa en sus ojos como queriéndome decir… «Quédese tranquilo mijo que aún estamos vivos».

Llegamos a Medellín unas rayas antes de la una en mi reloj…

Caminando por el corredor del aeropuerto en busca de la salida, mi cabeza vio a Amparo correr a saludarme muy rápido, igual a como saludan las novias a los novios cuando hace muchos meses no se ven y tenían muchas ganas de verse. Estuve viéndola correr hacia mí muy rápido, pero despacio, como corren ellas en las películas cuando pareciera que van muy rápido, pero que en verdad corren flotando, y sus cabellos flotan, y sus enaguas flotan, y sus tetas flotan, y su cara, y sus nalgas, y sus manos, y su mirada, y su... Y ella al verme deja ver sus dientes alegres que se salen de su boca porque quieren volar para llegar a saludarme primero, porque me envió una sonrisa primero, antes que sus ojos me miraran inquietos porque tampoco se querían dejar ganar de los dientes. Su mirada quería llegar primero a mí que su sonrisa. Ahí viene Amparo, se acerca pintada de flamenco. No está pintada de flamenco. Ella es un flamenco que deja tristes a sus novios que la persiguen, pero que no la pueden alcanzar, que también deja enojada a su hermana porque decidió no quererla más porque se porta mal conmigo y porque solo quiere abrazarme, tocarme, preguntarme ¿cómo te fue por Miami, Ludovico? Igual que esas novias que corren por los potreros a abrazar a sus novios que regresan de pelear, vestidos de soldados, felices porque no les pasó nada por allá.

—Ludovico, ayúdale con la maleta a tu papá que está muy cansado... —dice mi vieja.

—... ¡¿Ah?!

—La maleta— me dice mi madre señalando.

— ¿Puálll?, le pregunté a mi vieja.

Qué pena me dio. No pude entenderle por qué en ese mismo momento Amparo ya me iba a abrazar.

—¿Puálll? — le pregunté otra vez.

FIN

También de William Castaño-Bedoya

NOS VEMOS EN ESTOCOLMO

En el vibrante escenario del bohemio Barrio Francés de Nueva Orleans, seis escritores independientes se reúnen en La Tertulia, un santuario para las mentes creativas que anhelan alcanzar el reconocimiento literario. "Nos Vemos en Estocolmo" es un tributo a estos valientes escritores que luchan por ser escuchados en un mundo que a menudo es indiferente a sus talentos. El título, cargado de sarcasmo, refleja la lejana aspiración de ganar el codiciado Premio Nobel de Literatura. Para estos escritores, Estocolmo representa tanto una utopía irónica como un símbolo del espíritu inquebrantable de La Tertulia.

LOS MENDIGOS DE LA LUZ DE MERCURIO: WE THE OTHE PEOPLE

Narra la fusión del poder político en Estados Unidos y la pobreza invisible en medio de la crisis de los valores conservadores de la sociedad, la injusticia social, los excesos de los extremismos y la politización del sufrimiento como herramienta de poder.

Steve Newman representa al patriarca que lucha por superarse. De su desventura surge la resiliencia y termina convirtiéndolo en un conmiserado social. La novela de Castaño-Bedoya recrea la vida de quienes sobrellevan su existencia bajo el desamparo de la Constitución y de quienes claman por su derecho universal a vivir sin miedo.

FLORES PARA MARÍA SUCEL

El exilio no siempre es físico. En esta saga de amor, coraje y quebrantamiento, el autor reflexiona sobre el viaje de una familia repentinamente empobrecida que lucha por sobrevivir la migración a una fría e indiferente capital del tercer mundo. Sus miembros, tratan desesperadamente de mantener el cuerpo y el alma juntos, mientras son destrozados por sus exilios internos: una mujer que tiene un hijo tras otro en silenciosa sumisión a la tradición. Niños desconcertados y desapegados por la agitación constante. La vida secreta de un padre y su amargo ostracismo que lo convierte en un extraño solitario bajo el techo familiar.

EL GALPÓN

Cuando la condición humana es la que induce directamente el éxito o el fracaso del quehacer del ser humano, quien no evoluciona retrocede... Así mismo, aunque la frivolidad es en la actualidad la que rige los mercados, sus resultados son finalmente consecuencia del influjo del hombre. Esa es la esencia del mundo corporativo según lo plantea William Castaño-Bedoya en esta novela, que nos narra la existencia de HansennBox, una empresa que posee el potencial suficiente para ser una de las más importantes del mundo.

Ethan, su gerente vitalicio, y Oliver, un asesor externo, protagonizan ese microcosmos en un rincón del sureste de los Estados Unidos. Los dos se desempeñan bajo el mando de un empresario de talante sombrío, que los sumerge en episodios de desconfianza mutua, egocentrismo e inseguridad. La vida de los personajes se ve afectada sistemáticamente por el peso de ideologías extremistas y por la omnipresencia de una solapada doble moral.

www.ingramcontent.com/pod-product-compliance
Lightning Source LLC
Chambersburg PA
CBHW050136110726
47898CB00008B/2552